U0519586

甪直王胜体诗传

玉孤志

张广天 著

四川文艺出版社

图书在版编目（CIP）数据

玉孤志：角直王胜体诗传/张广天著. —成都：
四川文艺出版社，2019.9
ISBN 978-7-5411-5497-3

Ⅰ. ①玉… Ⅱ. ①张… Ⅲ. ①叙事诗-中国-当代
Ⅳ. ①I227.3

中国版本图书馆 CIP 数据核字（2019）第 174525 号

YUGUZHI LUZHI WANGSHENGTI SHIZHUAN

玉孤志：角直王胜体诗传

张广天　著

责任编辑　燕啸波
封面设计　叶　茂
内文设计　史小燕
责任校对　蓝　海
责任印制　唐　茵

出版发行　四川文艺出版社（成都市槐树街2号）
网　　址　www. scwys. com
电　　话　028-86259287（发行部）　028-86259303（编辑部）
传　　真　028-86259306

邮购地址　成都市槐树街2号四川文艺出版社邮购部　610031
排　　版　四川胜翔数码印务设计有限公司
印　　刷　成都东江印务有限公司
成品尺寸　130 mm×210 mm　　　开　本　32 开
印　　张　17.25　　　　　　　　　字　数　340 千
版　　次　2019 年 9 月第一版　印　次　2019 年 9 月第一次印刷
书　　号　ISBN 978-7-5411-5497-3
定　　价　68.00 元

目录

2

引 子

事情发生的经过是这样的。

我在美术学院任职，教"方法论创作"，近年来开始带硕士生。有一个从江南甪直镇来的学生叫王瑞泽，祖上是唱宣卷的，家里颇有诗文传统。到他父亲一辈，有兄弟二人。随着时世变迁，父亲去做米行生意了，叔叔承继祖业，在镇口开一个茶馆，接着唱宣卷。宣卷可能发自于唐宋的俗讲，不同的是，它的说唱常常可以照卷宣科，其间还伴有角色敷衍，声情并茂，拿得起，放得下，场景人事，进进出出，弹指一挥间。王瑞泽前年年初返乡回京后，开始找我指导论文。说实话，我几十年来尝试过许多门类艺术，唯独没有做过视觉创作，如今一个以视觉为看家本领的学院请我去教玩视觉的学生，也实在是异想天开，大胆妄为的。我是从舞台和音乐的经验梳理时间艺术的方法，并且将这类方法应用到空间艺术的实践中去。于是，我给王瑞泽的课题，便是从宣卷中考察宣讲人的多重角色形象。由于做宣卷研究，王瑞泽便进入到叔叔的世界中，常带来叔叔收藏的卷本和一些录像资料给我看。这便渐渐晓得了他叔叔王胜。

去年入秋后第一个星期天，他来找我，带着一个帆布包袱，告诉我说王胜过世了，包袱里是他的遗物。一共两样东西，一枚玉玦和几沓厚厚的诗稿。

那玉玦，碧莹莹的，素面无刻工，满掌一手握大小，看不出年代，表面的光泽既不是皮壳包浆的熟旧，也不是新工抛光的夺目。乍看是新的，似乎刚从砣机上下来，细看是古的，流露出雍容尊贵的气质。那神气，活脱脱有呼之欲出的魂在里头。玦口下缘有一道隐痕，像是内绺，又像是玉筋，两边渗着赤斑。这显然不是沁色，也不是玉质原有的皮色，因为它是从内里涌聚起来的，不是地底下外在之物渗透进去的。我想起旧时的说法，玉孤而遗落，失主而神伤。难不成这是伤裂而血泣？

那诗稿，密密麻麻，横七竖八，是钢笔手写的。我展开读了几页，慢慢习惯他的笔迹，渐渐看明白他是在写玉的故事，玉的身世。这正是我感兴趣，也一直追寻不放的学问。我直惊叹，原来他不只是一个宣科讲唱的演员，他竟是第一个用新的语文写出成卷完整叙事诗的诗人！那玉玦正是诗中的主人，一路走来，在人间和地狱中独步，险恶与震厉中依然莞尔从容，哀怜楚楚，不知有洞冰炉焰，不知有断崖深渊……读之怆然涕下，令我戚貌难掩。

王瑞泽又说起王胜遇玉养孤的经历，告诉我这些年他的处境以及他病痛中欣悦的回忆。于是，我改了这一期的写作计划，决意将王胜的诗稿编辑并续写，试着将这个故事讲完整，讲透彻。书分五篇，序篇《玉的献辞》、上篇《地狱行》、中篇《人间行》，都是王胜的手笔；续写下篇《养孤记》和后述《征信录》，乃仿王胜诗体，为使全书浑然无间。故书名为《玉孤志》，又叫作《甪直王胜体诗传》。

二〇一九年二月八日
旧历正月初四
于北京静明园

序篇　玉的献辞

我在无光和有光的时空里都是美色。
我在无炊和有炊的日子里都是美味。
我的声音在人耳之外，
乐器按照草木的样子造出来，
原是为了寻见我；
你们中间有人看见我枯朽的样子，
那是阻隔，
阻隔是为了见证贯通。

一

只有我，
可以抵达上天，
直接触摸造化的脚凳。
我或者成为天庭的玉阶，
等待祂的踩踏；
或者屈曲为婚床，
等候祂躺卧。
祂的雪像音符一样飘落，
那时，我飞腾起来，
我任祂看我碎如齑粉，
囊橐穿败，粟米弃出的模样……

祂握我，

松亦快，紧亦快。

我握祂，

寰宇震震，

有千钧之锤击我晕厥，

这时，祂是舌铎，我是铃儿，

黄钟大吕经久不息。

我在祂的园中是骄子，

我数遍祂的须发，

晕透祂的骨髓。

我曾经是透明的，

因祂的宠爱临到我，

而散发神麝的奇香。

我有祂精液的灌注，

于是深不可测，

靡丽而幽娟。

祂注我入地，

贯穿泥沙冰川，

撑起地骨，

令云霞有根。

我的黏性叫风尘雨露吸附，

千年万年，

垒聚为群山。

只有我，

知道地脉的走向和通道，

只有我，

有凝聚地土不散的气力，

叫一切金石与植物按序排列。

看见那群彩之虹霓了吗？

那是祂与人订约的印记，

是我从地底升起的光焰，

从山的这一头放出，

又从河的那一头尽收。

我的气色贯于长虹，

我的精神见于山川。

人倘要寻我，

必依着长虹的两头。

也可以等候花季，

待群芳争艳时，

看草木葳蕤处，

那枝柯沉垂的地下，

定是我的居处。

只有我，

给人通天的路，

那贴近我的人手，

与祂在一处了！

祂的慈爱和威严临到你们，

荫庇嘉谷，令五畜兴旺，

匡正起初的性情，

叫你们在天序中得自由，获解放。

我知道你们中间有人畏惧我，

我是抵挡不祥的盾牌，

也是彰显罪孽的明镜。

在地界的西面，

诫命写在约书上；

而在地界的东方，

一切诫命都由我负载。

佩玉的人啊，

从不因良善而得福！

佩玉的人啊，

只因败露不堪而得救！

你们将我从砾石中辨认出来吧，

将我洗净，

刻上灵兽的样子，

寄托你们婚丧嫁娶的美愿，

走线要工整、飘逸、隽洁，

如冰凌丝细，如香鸳缱绻，

不要断裂，不要描覆，

一贯到底，一丝不苟，

虔诚无虚饰。

然后，将我摆在祂的龛前，

燃上香火，撒上鲜花，

再供给我牲畜的油脂，

涂抹在我的唇上、睛上和丰隆的骨节上，

让我一路上饱足，

好令我在祂的面前容光焕发。

这样，你的祈求定然会送到天上，

由祂来裁判福祸，定夺凶吉。

二

我在地腹中涌动，

随着星辰布排渐渐改变地貌。

有时几百年，有时几千年，

我耸起筋骨支撑山的巍峨。

在崟山和钟山有出口，

我从那里流淌出汤膏，
唯有祂见到我的汁液，
享食这汁液。

啊，人在河中初拾起我时，
也触摸过我饴糖一样的柔软。
只是风尘啊，
骤然在出水的一刻将我凝固。

你们将我做成玉食，
糕点，牲畜和神兽，
或者雌雄的性器，
牝如璧，牡如琮，
你们视天为公，视地为母，
将璧讨好天公，
将琮插入地穴，令地母愉悦。
然而，你们应记住，
唯有天公始立万物，
连地母都是庶神。

你们将我盛装打扮，
挑选人中最美的幼妇在龛前舞蹈，
令她们以新的诗章赞颂，

唤醒我的灵光，

恳求我代你们祈祷，

将我举过头顶，

成为天飨。

今晚我静立苑中，

于天国的花丛中显现。

我等候祂的召唤，

按照祂的旨意侍寝。

我晓得祂独宠我的肉身，

那擦过花便有花色，

浸过月便有光气的肉身。

在人间的风尘里我坚韧如镔铁，

在天堂的煦息中我柔滑若酥油。

这是我的意志，

有万千个不从，

只为从一而终。

人间的美妇与我遥相呼应，

为钟爱的男子匍匐，

于世间的福禄前傲骄。

今晚我陈列在盘中，

于天国的盛宴上渗出蜜乳。

我等候祂入口即化的瞬间，

那一刻不知是我的蒙恩还是祂的悦纳。

在衮服中祂入到我深处，

在杯碟间我进到祂的肚腹。

祂如是享用我，

今晚，天国的大城摇撼醉酣，

天雨粟麦，降到人间。

东方的民人啊，

那用天飨祭祀的必得美食！

西方的百姓啊，

那以约凭信托的必得符钞！

这是起初的年月，

祂按人的脾性分别东西。

祂叫西边的人得着金，

叫东边的人得着玉。

金气利陷，开拓用途；

玉性柔韧，福祚绵延。

于是，从地极到南海，

死去的人们也带着我下葬，

好借着我的得宠在地府中有天的照应。

14

那深知我秘密的人有福了！

我是上天的宠妃，骄子，珍馐，

我像是从人间嫁出去的新娘，

也宛若家藏的珍宝和田间最佳的收获，

人将我如此奉献在祂的面前，

我如何不徇私善待你们？

我为你们在祂面前美言，

我将祂独赐的好处悉数留予你们，

你们为此被庇护，

罪得隐匿，一错再错，逃脱审判。

你们的特惠和殊荣已经太多了，

你们渐渐已经习以为常。

看看那些辛苦的人吧！

他们是要数着盘中的米粒进餐的。

你们如今五谷丰登，佳肴不绝，

天上飞的，水中游的，陆上爬走的，

还有天启的数不尽的酿造烹制的花样，

但缺一口便抱怨贫苦，

喝着盛筵的杯，竟还看着糊口的锅，

弃己所贵，贪得无厌！

我要离你们远去了吗？

还是你们将要离弃我？

今晚我这是最后一程吗？
还是更有来年？
为什么我的肌肤疼痛？
我感觉有酸液浇灌到我的身上，
正在蔓延，正在丝丝入里，
令我揪心难忍。

三

天下万物中，
唯我脉理至缜，
好比栗实，饱满而沉坠；
又见谷穗的芒尖，
细锐而见光，
烟霞与光，
于是与我相接。
看那些烟与光深入的地方，
看那些升起烟云的田畴，
必有我驻足停歇。
君子谓我"颖栗"，

16

这不是赞美，

乃是实至名归。

颖拔而密栗，

便是知与识的样子，

倘又见光，

便是智慧的升华。

我有万千镜面，

受纳全天地的光，

折返全天地的光，

浊然于内，泽然于外。

情深义重！

你懂得情深义重吗？

先有颖栗的秩序，

才有情深义重！

情义是生之光明，

因粒粒俱细而沉浊，

因面面俱到而无影。

千古的英灵们汇聚过来，

凤鸟的英灵，

神兽的英灵，

见微知著的圣通者的英灵，

专一而不弃的英灵，

悲的英灵，

武的英灵，

仁爱的英灵，

卑微而纯良的英灵……

它们滚滚而来，

血肉风干了，

剩下油脂，

渗透进我的肌理。

几万吨，几亿吨的英灵，

隆隆汇聚在我里面，

归纳于沉寂，

乐音转为视像，

静人心魄。

那英灵在我身内，

按我的秩序和意志存贮，

那是祂预定的通道，

上有圆通，下有方矩。

你们再次看见众神的时候，

它们以长短不一的纤维交织在一道。

有蜜糖和粥乳的食性，

有精液和春水的色性。

偶见地熏的沁色，

间或裂绺中的斑痕，

那也不是恣意妄为的浸染，

那必是顺着我的构造而显现的斑斓。

你的想象啊，

纵然驰骋万丈千层，

怎出离得了我的先在先有？

这就是天理的秘密，

人之所行，皆在已然的掌中。

那刻画我的人惊诧不凡的手笔，

他的意念所到唤醒曾经与来世。

状神神在，状龙龙在，

琢我成仙，便是仙人降临，

磨我呈瑞，则瑞信无欺。

麒麟，狻猊，玄武，

木的，陶的，金的，红蓝宝石的，

都是死的偶像，

唯独从我而出的，

竟行走在秘径中。

你为什么在落花似雪的梦中邂逅它们？

又怎在皇陵的神道上与它们不期而遇？

有谁为你推开了拘禁的牢门？

又是哪路奇兵在背水一战中从天而降？

中意的郎君啊，

骑着白马远道而来，

在月色溶溶的花地里负你而去。

毒蛇般的烈焰吞噬了大城，

尸骨成灰，钢筋化水，

为什么独独你安然无恙，毫发无损？

翩翩的少年啊，

楚楚的少女啊，

请佩我在腰间颈中，

好为你们抵御人世沉浮中的凶厄与不祥！

那是怎样的秘径呢？

风吹不皱的波纹，

雨淋不进的铁幕，

火熔不了的固体，

舟筏推不动的滞流。

然而，刀下的转折你看见了吗？

凝膏一样的流线，

生米一样的精光，

那流淌过的痕迹与动态，

在你的时间里骤止了。

你唯有贴近我，

用肌肤贴近，暖我熨我，须臾不离，
你将获得永恒的时间，
在永恒的时间里进入我。
我是永恒时间中的河流，
那神兵天将的群英塑像，
那唱本最深处断肠的一幕，
还有圣哲的睥睨，先祖的逼视，
舍身求法的人倒下了，
风猎猎漫卷血腥的战旗，
离徙的民众与远去的家园……
你看见我的通道中这些群像了吗？
它们先是静止的，
你加入进来便流动了。
这是贯通天地的神道，
在永恒的时间里载你纵横。

你需要虔诚，毫无杂念，
那么，在抵御不祥之后，
我将引你往返于生死，
引你在俗世的时间外贯穿宇宙。

这就是我的灵性，
祂赋予我，也恩赐给你方便。

为此，你怎可迷失呢？

你怎可在利货虚名和新旧法术间寻不见我呢？

你借着我，虽混沌而莹洁，

你服被我，掩一掩此生的难堪与眇跛。

你看见那瑕、玷和朽斑了。

不要因此离弃我，

那是祂留在我身上的玉病，

是一道阻隔，一种错失，

因我并非全然，并非完满，

这一处是为了恩典留出的空位，

为迎接那全胜无敌者的来临。

唯有他可以成全律法，

可以全赎一切存的缺陷。

在静候他的日子里，

你们依我而度过漫漫岁月。

上篇　地狱行

第一首　巴黎　拿摩提贱影

这是花吗？

淌着紫色的脓液，

在日光里瑟瑟发抖。

太阳在这里看起来很远，

一层又一层的雾霾包裹着它，

闪跃着微弱的蓝光。

他们靠电力照明，

昼夜并无差别。

一座不夜长明的城，

他们叫作巴黎。

那铁的栏杆是冰透的，

云英伸出头来折射成一片，

一片片薄的花瓣，

像显影液中的底片，

随着风劈里作响。

在右岸无嗣王大街九号门口，

玉握在侯中强手里，

在冰铁的长椅旁，

下垂，

下垂近地。

这还算是地吗？

玉已然来到地层底下，

从科拉半岛的摩尔曼斯克州下沉，

走那大井的隧道，

深入地层。

英勇圣洁的萨米人啊，

你们怎能叫俄国人凿开大穴？

你们曾在誓多的峭壁前皈依路德宗，

将众神万灵引到救主的脚下；

你们受托看管地狱的大门，

用石榴石和角闪石封堵住出入之口；

然而就是为了住进集体农庄有暖气的石屋吗？

你们交出了地狱之门的钥匙！

还记得忧悒柯中的吟唱吗？

先辈的嘱托、爱的喁语，

生气、挣扎、回忆和祈愿。

你们曾经是精灵一般的仙人，

骑着白鹿，

在平安夜是孩童梦中的圣诞老人。

玉记得下沉地穴的那一刻，

萨米的懦夫丢弃了猎枪，

别转头向雪地里奔逃……

他竟没有勇气再唱忧悒柯，

那词中曾有"握拳握拳"的誓言：

"身首截，

体肤裂，

握拳！握拳！

虽死不懈！"

下雪了！

那盐粒一样粗糙的晶体

落满长椅、云英、冰铁，

和对面"拿摩提贱影"俱乐部的门楣，

他的靴子被埋住了，

脸孔竟因玉的精气而红润。

侯中强是人吗？

他从地狱攀上地层时分明是鬼，

怎因握着玉突然还了阳？

这里是叫作巴黎的地狱，

来往的车马与行者非人非鬼。

那富有的像人，

那穷饿的似鬼。

他们中的猎户有去地上捉人的，

将人身肢解开来出售。

有钱的吃了人肉获得气血，

在枯骨上暂时生出肌脂来，

饱足时与生人无异，

饥馑时又槁陷枯瘪；

没钱的只剩一副骨架晃荡，

骷髅与残肢相连，

动静间发出克罗克罗的声响。

"你这个贩夫，卑贱的小人！"

从俱乐部的转门出来一个绅士，

他脑满肠肥，

定是吃饱了人肉，

"看起来你并没有说谎，

你难不成已经得到那样东西？

你怎就容光焕发？

我差一点认不出你。"

绅士站在盐雪中说话。

侯中强谄媚，

这时候却盛气凌人，

什么绅士！

或者得了钱后也做一回贵胄！

"毫不起眼，

你在大街上遇见，

会一脚踢翻它！"

他拎起裤腿边的一道铂金索，

将玉杯拉近手边。

玉在到他手里前已是一盏残杯，

白银的底托，有一边露出缺口。

玉在这之前是契丹王的盘，

更早的时候是一方玺，

那缺口早就有了，

有人曾来夺时，

被主人怒掷而缺角。

如今杯的底盘上隐约有一个字。

侯中强指给绅士看，

看出一个"天"字。

"你的那番鬼话，

说，得此可丰腴鲜活，
如今看来并非虚辞。"

"我本是鬼，
怎说人话？
鬼话都是真话，
唯人才说谎无耻。"
侯中强嬉笑插话。

"地府里的鬼从今有福了，
我那可人的墨菲，
她今晚在台上尾巴要翘直了！"
绅士伸手想触玉杯，
侯中强紧捂不放，
令绅士出手落空。

那绅士名唤雅克布，
那墨菲是这俱乐部中的头牌。
雅克布为墨菲求得玉杯，
她从此将成为众星之星！
所谓她翘直的尾巴，
那是裸臀间的须发，
烫卷了，梳直了，

涂上胶油挺立起来，
翻出与头上发型一般的花样，
鼓推各类看客激动。

玉在地府里蒙灰，
蒙霾，蒙恶鬼戾气污浊，
蒙这盐雪的阴冷，
蒙云英的脓液和冰铁的烂锈，
渐渐黯淡，窍穴闭塞。
于地上人间，
人的阳气激发光耀，
可照退灾厄；
离了人手，于地府恶鬼间，
则难出其光，蒙头垢面，
再也无力辟邪杀鬼。
反倒鬼得玉，吸食玉中精气，
抑或择英灵面貌而塑形，
血肉日渐丰满，
无须食人，尽可延寿。

玉感觉到窒息，
透不过气来。
那墨菲的名字，

有如舌苗剜心撕肺。

雅克布、侯中强和玉，
走进了拿摩提贱影的大门。

第二首　墨菲

墨菲饮下玉杯中的酒，
那酒是用人的血酿制的。
凡用了酵曲的汁液倒进玉杯，
入口甘顺柔绵，养颜荣发。

她的发型师跪在她腿间，
正用心为她修葺整须。
她的眼前有一面长镜，
框限住她的形姿和身态。

"你都看见了。
唯你看清了一切。
该看的和不该看的你都看了。
看吧！我原是最枯败的朽骨，

我先前在人间便是面目可憎的肉团，

我降世之时像一团烤焦的死面，

我并不知道我的父亲是谁，

连生我的也不知道受了哪个男人的精。

每天都有数不清的身体进出那生我的通道，

我是众人之子，

每个人都赐我一重罪孽：

卑鄙，阴险，贪婪，怯懦，

嫉恨，懒惰，残忍，虚伪……

我是世上最贫困的，

从血脉里都是贫困的。

那出身低微的求一门高槛的婚姻，

那叫攀龙附凤，

她比我尊贵。

那在婚姻中不满足的去外头浪荡，

那叫朝三暮四，

她比我富有。

那从一个男人再到另一个男人的飘零，

那叫风流，

连她都比我幸运。

你知道吗？

从九岁就有华衣丽裳，

就有金履裘靴的，

那叫什么?

那叫贫困!

贫到心底,

困到窘境!

窘处的人受逼迫,

连身上每一根线都是我自己挣得的,

娘不养我,天不怜我,人都弃我。

我恨上帝,恨人间,恨欲望,恨律法!

唯脸面是我的钟爱,

因它我修缮了体态,

因它我博得了尊敬,

因它我获得了羡慕,

因它我坐在人的头顶。

我血肉的通道里修筑了铁路,

让乘客携着污垢的行李上车旅行,

啊,无尽的车厢,

人们排队倾泻!

我出售车票,

尽得一掷千金的疯狂。

那平素见不得人的隐秘性格,

都被携来扔在铁道两旁。

啊,我这里无须承担、付出和小心翼翼,

我这里任凭你抛洒!

因我生就被命运夺走了欲望，

我的欢愉定在别处，

我用我的所得去换一张脸面。

看，多么尊贵而美丽的脸面！

上面的发型和下面的发型要一致，

哦，下面的才是内容，

内容决定形式。

雅克布说：

'瞧那骚头帘，

跟裤裆里的一模一样。'

我喜欢他那么说，

然而，我不会骚了。

我用我的骚去换脸面。

那和我青春同学的女孩儿，

她们羡慕我的穿戴、奢用和盛气凌人。

同在一桌上与男人饮酒，

我得了钻石，她们得了零碎，

她们怎知我生意的秘诀？

我是割掉我的骚才有如此风光，

我甚至开通了两条、三条，

更多的，一切可能的路线来盛纳污垢，

来帮助长官和德高望重的老师排毒，

令他们毒尽生辉，满面红光，

令他们将婴儿的无措和卑怯娇洒一地，
好在人前正冠纳履，修成正果。
而她们，
却紧攥着骚情还想多得一份？
她们太贪了！
可是上帝是不公平的，
我竟看见她们中间
也有守着骚情又多得荣华富贵的，
于是我紧握双拳挺立起来，
我如今要用那风光再换回骚情。
可是，我怎就落到地狱里了呢？
怎就成为一具枯骨，
连枯骨都比众鬼小些？"

发型师不说话，
墨菲踢翻了一个脚镫，
墨菲怒形于色，
发型师不说话。

"雅克布是好的，
唯有雅克布对我好。
他叫那个西方人侯中强去走私，
（地狱中东西方是颠倒的，

我们人间叫作东方的，

在地狱里叫作西方。）

天晓得他怎么搞到的！

如今我得这玉杯，

我又得了人间的容颜。

雅克布说我可以寻玉杯中一个人样，

说千古的美人精灵都汇聚在玉体中。

我寻谁好呢？

我还是寻回我在人间的模样吗？

我寻过了，

玉杯里没有我的形象，

连玉都与上帝同谋，

不收容我死去的可怜的样子。

我诅咒这玉杯！

（她一挥手，

将玉杯扔到水池子里。

地狱的水是褐色的，

不透明的，

也溅不起水花。）

你说话呀？

你平时话不是很多吗？

今天看我得了好竟不说话，

你是嫉妒我吗？"

墨菲拧发型师的耳朵，

将她的头摁到地狱的地上，

砰砰作响，

可是，发型师仍然无语。

"我要将貂蝉的样子，

克丽奥佩特拉的样子，

维纳斯的样子，

还有萨福的样子，

通统拿来熔造我。

哦，维纳斯太臃肿了，

她留在玉杯里的样子为什么那么道德？

她怎么像人间东方的婆婆？

她的奶子太肥了，

都是脂肪堆积，

没有多少可让男人紧握的内容。

我不要这个类型，

这个类型是为了风光，

为了摆在一切殿堂里供人朝拜。

哦，我不要这个样子！

我就是做维纳斯出身的，

还怕不够维纳斯吗？

我现在迷恋偷情的模样，

要么像一个小偷，

要么像一个表面乖巧又随时狐迷的公主。

高潮，高潮是怎样的？

据说那一刻女人的脸是狰狞的。

我已长久没有狰狞过，

我总是弯眉翘嘴的，

那么格式化地笑着，

虽铁锥入里也端庄地笑着……

文书来了吗?"

墨菲问发型师，

说约好的文书来帮她拣选形象。

发型师这时候说话了，

说文书在背地里说墨菲坏话，

说她再怎么整都去不干净骚气，

难成一具美蜡像。

（地狱的审美是颠倒的，

全蜡的死脸被认作美，

凡动人的骚情一概是丑的。

——王胜注。）

这时候的墨菲，

也许正如文书所言，

那残留的一两丝骚痕发作起来。
然而钱是买不来骚的，
她现在有钱去哪里买骚呢？

"我不能谈恋爱吗？
雅克布说我最可人，
难道雅克布不爱我吗？"

墨菲难过起来，
虽为地狱的鬼，
鬼也会像人一样难过。
她发现自己真的有些变化了，
她开始想，她喜欢雅克布吗？
恋爱原是这样的，
首先要想自己喜欢谁，
而不是有多少人喜欢自己。

但是，她没有时间了。

第三首　文书和贱影

文书的名字叫石页，

他的书是一片片薄石，

堆起来可以高耸云层。

然而地狱的云层比人间的海底还要低，

这里是十万八千丈之下，

死人的恶灵才聚合在此。

那英秀的灵魂居住在美玉的身体里，

那寻常的魂魄回归在墓穴深处，

那屈死的、怨愤的和毒恶的四处飘零，

有飘到此间的，乌合成众。

然而一切的幽灵都要经受审判，

只是那时候未到，

到那时，不得救赎的灵魂必要被投进硫黄湖。

这时刻随时会到来，

或者就在明天，

或者还有千年，

没有人知道这时辰，

永生和绝死的权柄握在上帝手中。

石页的知识是书页的反面，
他知晓一切不是真理的秘密。
真理只有一件，
而那不是真理的知识却浩瀚似海。

"我看见两个笨蛋，
一个叫侯中强，
另一个就是你！"
石页轻蔑地指着雅克布，
"他得此玉杯已然富足，
何必与你换钱去花天酒地？
你得此尽得天下完美，
为何还去讨好那骚丝难断的假蜡婆？
所有美的、俊的魅力无穷的影子尽在杯中，
何不唤他们出来演绎连连好梦？"

那叫作贱影的，
在地狱中是万众所趋的至高艺术；
那制造贱影的，
在地狱中被称作"梦的工厂"。
他们用光把影子收进一个匣子，

影子亮了，光却暗了，
又用光将暗的照亮，将亮的照黑，
影子便显露出来，成为形体。
那阻隔光的黑暗纷纷跃动，
人间称作群魔乱舞的，
在这里叫作诗情画意。

雅克布靠此秘技敛财，
鬼们仅仅为了虚像倾尽所有，
一切被影子迷幻的鬼，
为影子交出了金银，
更想自己也被剪成影子，
于是有了拿摩提贱影俱乐部，
里面有贱影院，还有贱影学院。
那被石页唤作"假蜡婆"的墨菲，
可怜的墨菲，
是鬼中千挑万选的标致美娘，
她的脸面几近无瑕无疵，
做成影子纯黑如漆，
投射出来光鲜色丽，
勤劳，勇敢，贤惠，善良，
恶小不为，善小无不为，
高尚情操，赤净无尘。

当然，当然，

她自己说了，

她是开通了两条、三条乃至一切可能的铁路线，

藏纳了人间所有污垢才换来的脸面！

可惜真的有几道骚情纹，

不过强光掩隐下并看不出破绽。

来到地狱的鬼，都是自强的鬼，

命运折不断的颈项和腰杆，

不屈于人间的灾难和重击，

拒绝天矩的律法，

要自创幸福的法则！

我们应该为他们高歌吗？

他们敢于违逆天力的勇气难道不够悲壮吗？

然而，

全部人生都是悲剧，

全部命运都是恩典啊！

拒绝恩典的人，

死去之后聚集在此间，

用贱影的美梦自我救赎，

人间许多许多人已经站不住了，

纷纷以哲学和反哲学的努力大声疾呼：

上帝死了！

没有永生！

死后哪管它洪水滔天！

外面盐雪狂舞，

屋里阴火熊熊。

石页讪笑那些西方的鬼，

说他们甚至看不透反真理的极限——

梦啊，贱影之梦，

强过一切劳作！

"劳作是天帝老儿的诅咒，

他诅咒你们在地上偿还罪债。

人的祖先真的犯罪了吗？

如果真的犯罪，

我们就选择做鬼，

鬼尽可以无债无辜地给出道德，

我们的道德，

由我们来制定规则！

他们西方还弄什么兵器、武力、实业、经济！

语言的事实大于事实的事实，

梦是语言的顶峰，

造梦者创造世界！"

石页伸出他弯曲的指骨，说，

"相信真理的人说谎，

不信真理的人诚实。
人们吸毒，
而我们就是毒。"

多么熟悉的声音，
似乎侯中强也说过。
鬼从不说谎，
因为鬼就是谎本身。

石页鄙视西方之鬼愚昧，
说什么人间的伪君子，
何苦坠入地狱又做假小人!
一个假鬼多么可笑!

从做小人到做真鬼，
啊，这已经是一个悖论，
难道真鬼的真不是真吗?

可怜的墨菲，
她以为雅克布为她寻来玉是因为爱她，
她不知道雅克布爱她是因为她的影子纯黑如漆，
纯黑如漆就意味着纯金无限。
那么，好吧，

石页既然肯定杯中的影子是金矿，
那还要这个假塑料蜡婆做什么？

"可是可是那些影子怎么出来？
我稀奇这不盈满掌的杯盏中盛得下万千影影绰绰，
你又如何将他们叫出来？
又如何使唤他们、令他们听命于我？"
雅克布疑云重重。

"我听说人为了沟通天神，
在玉环上开一个缺口，
做成那叫作玦的东西，
戴在耳朵上可以听见植物的声音，
放在眼前可以有千里眼的目光。
那缺口是进出的通道，
打开来就好比潘多拉盒子开盖。"
石页举起玉杯，
借着窗棂冰铁的透光打量。

"潘多拉盒子里尽是魔鬼，
这杯中藏的是英灵。"
雅克布颤颤巍巍地凑近。

"我说你是笨蛋，不学无术，
英灵不是死去的灵魂吗？
一切死去的灵魂都是鬼，
哪有什么鬼强过我们东方的鬼？
人叫他们英灵正是因为他们软弱，
那软弱宗教中的灵魂正好任我摆布！"

"啊，我懂了，
乃是悲悯心叫他们做了英灵，
英灵正是心最软的鬼。"

于是，他们用金刚刀剖开了玉杯，
取出中间最莹透的一截做了一环玉玦。

玉，这便开了口子，
神魂进出无碍了。

第四首　众神在流浪

众神在玉体中是凝固的，
只受人的精气和造化的垂顾才被激活，

或者灾难和苦难临到的时候，
那无助的求救呼声和咸的眼泪会感动玉心。

就像深埋在墓穴的土中，
水银、铁锈、铜绿、腐肉和颜料，
受地火熏蒸，会渗进玉体，
地狱的阴霾、浊恶之气也会堵塞玉窍，
那精致的脸面更是封条，
将玉的门窗紧紧闭锁。

地狱中的众鬼，
虽穷塞绝境中的枯骨亦有一张脸面，
脸面是地狱的通行证。

那暂时摘下脸面的鬼，
顿时号咷不休，
哀哭的悲声不绝于耳。
尖啸的，惊惨的，凄楚的，
断续往来的，一波三折的，
牵动着众神的悲悯心，
令他们坐立不安。

雅克布和石页就这样，

去掉精致的脸面，
用哭声将众神引出玦口。

所谓玉贯天人地，
大抵如是。
在地受沁，
在人复出，
在天受宠而化。

地中之玉，
受困拘禁，
鬼泪便是那沁毒
逼入肌体而取代众神的位置。

众神一日十出九返，
那神位渐渐被鬼魂之泪占据，
难返之神，在地狱的大街上流浪。
玉遂哀怯，失液渐枯。

那外出的神，
是真切的临场，
不是幕上隐现的梦的贱影。
鬼们将真实当作虚梦看，

并不觉得变化在暗中已然发生。

神因悲悯而慰众鬼之恸，
或歌或舞，情笑生动。
鬼但可远观，不可近亵，
倘有触之者必灰飞烟灭，
因为神，玉中之神，
是神圣不可侵凌的，
凡从上帝之手蒙恩的，
都加了封印，
如有铜墙铁壁。

他们将玉玦在酒宴上传看，
从白无常之手到黑无常之手，
从罗刹的股间到狐妖的胸前，
所有名鬼大魔都要摸一摸，戴一戴。
这是圣洁之玉，
造化宠爱过的身体啊！
如今流落在地狱的餐桌上，
由厉声与败色包围，
被烹成菜肴的尸油和凝血浸染。

然而恶鬼是进不到玉体的，

既无床第之欢，亦无肉食之飨，

只好悲泣，不停地悲泣，

用哭声和眼泪将众神呼喊出来。

那阴毒的文书与神合影了，

那草莽的武夫与神合影了，

那短首无额的零售商与神合影了，

那猪头一般脑满肠肥的地狱官与神合影了……

"雅克布，叫那个婊子出来！

她还以为自己是西施王昭君么？

没有我一掷千金来供养，

没有我风雨无阻、一日三次来捧场，

她哪有今天！"

茶几上堆满了冥币，

论斤论吨都秤不过来；

无嗣王大街上站满了衙役打手，

警灯闪闪，警笛呜呜。

女神与他合影了。

在成片显影的图像中，

女神是矮胖奄头的粗俗村妇。

玉玦欲哭无泪，

神的位置日益被毒沁占领，

玉之吸力召不回流散之神。

巴黎的夜啊，

你分得清谁是流浪的饿鬼，

谁是孤行的大神吗？

神是英灵，

英灵是那些某一处极致而大部分有缺陷的人，

灵魂也是人，

不过是人中某一处杰出的人。

（刚被呼出时只见那极致一处，

众鬼以为完美标致，

然见风入尘则晦暗，

复入玉体又回神。）

因此，

神是丑的，

在地狱巴黎的街上，

没有精致脸面的神是丑的。

英灵居于玉中得养而活，

素鬼靠着祭祀香火而延寿，

恶鬼聚集地狱吃人而续命。

一切魂灵都是人，

是毁败了血气之身无依无附的人。

如今从玉中出来流落街头的神离了供养，

他们的形象在风中被吹散，
化雨化雪化霜，
地狱中于是有了季候，
阳光逐渐透射出来。

见到日光的鬼啊，
焦躁不安，无处藏身。
他们既失了血气难以还阳，
必遭阳光射杀，化为尘土。

那在拿摩提贱影俱乐部中狂欢的鬼们，
泪尽而欢，欢尽而静，
此一刻忘记了怨愤、毒恶，
此一刻松懈了拳头，低垂下倔犟的头颅，
回转去又强硬起来，
返回来又柔软下来。
复硬复软，有的竟归于安详。
安详的鬼是醒悟的鬼，
生出寻路回归各自墓穴的念头。
有鬼已然离去，
悄悄地走了，
无声无息。

这事突如其来，
叫地狱的官府不安。
有一个叫储安乐的大司寇主办此事，
放言追查到底，绝不手软。
雅克布因走私得玉而暴富，
不敢明言声张，过分炫耀，
又贿赂了阴官帮他隐藏，
事情于是云里雾里，众说纷纭，
并不清晰了然。
是故大司寇也抓不到要领，
只好危言震慑，难以有的放矢。

这时候文书也隐藏起来，
雅克布改弦更张，停了众神的表演，
唯独墨菲露出水面要强出头，
因重归舞台而沾沾自喜。

她的屁股又翘起来了，
实在是她的尾巴又翘起来了。
这曾经久演不衰的剧目，
名字就叫"疯狂的尾巴"。

第五首　云芳阿婆

玉记得，最后的看护者叫云芳阿婆。

阿婆，如今你在哪里呢？
玉多么想她，
在拿摩提俱乐部后台的梳妆盒里，
在短暂的逃离鬼的纠缠的片刻，
想她。

她曾经舍了千金万银，
逃到人间东北的海城去生活。
那里有一条河静静淌过，
城，被夹在山谷里的岩石上，
有铁路线在不远处经过，
一直深入大鲜卑山的森林，
蒸汽机拉着小火车闯入市民夜间的梦。
那时候，河里的玉璞还没有显露，
尽管河的名字叫作细玉沟，
但没有人知道缘故，

没有人知道一万年前的往事。

云芳阿婆也不知道。

细玉沟里的玉璞，
曾经叫鲜卑人采去，
传到极北的冻土，
传到中原，传到南海的岛中，
也传到日本。
人们拿玉璞去琢刻玉玦，
在北方和中原叫作"玦"，
在日本叫作"勾玉"。
那是玄黄的颜色，
玄，代表着天，
黄，代表着地。
至于白色的玉，
酥如截肪的玉，
那是很后来的事了。

鲜卑人远去后，
河岸不再喧腾，
河流归于沉寂，
玉璞隐藏起来，

静候复出的时日。

云芳阿婆是一个美人，
她的眼神胜过话语，
灵转间如诵如唱，
深婉而幽恻。
她曾是南方将军的姬妾，
将军爱她，赠以玉盘。
乱世中强人夺走玉盘，
失而复得时已破损一半，
另一半尚好的也带着缺口，
那缺口乃是古时早先前的主人怒掷而伤。
阿婆请来玉工，
将尚好的一半剜出，
配上银的底托，
做成一盏玉杯。

半世过去了，
爱她的人早已离去，
她东西迁徙，
玉杯随身不弃。
有玉商出重价求购，
那时她连生火的煤都买不起了，

却依然守着不让。

在海城，
她与儿子相依为命。
儿媳总是埋怨日子太苦，
几次威胁逼迫，要将玉杯卖掉。
有一次玉杯不见了，
叫儿媳卖给了山东货郎，
得价统共三块大洋，
阿婆听说后一病不起。
不想那货郎得了玉杯后竟走上塞途，
再也赚不到财，再也收不进货。
冬天的时候他病了，
吃遍所有药方都不见好，
测字的说祸从玉起，
说贱命的背不起贵器，
叫他将玉杯还回去。
他拖着病体，一路寻回海城，
将玉杯白白送还。
说来真奇异，
送还玉杯的货郎转身便清朗起来，
回程中风生水起，
贱收贵售，满载而归。

儿媳于是诅咒玉杯，

说难怪碌碌无获，

皆因妖玉作怪，

恨不得当垃圾扔掉。

阿婆于是带着玉杯，

趁夜里他们睡下时离家远去。

她走的时候下大雪，

雪地里留下了她的脚印。

她进到鲜卑森林，

天地顿时开阔起来。

那玉杯中有不尽的米倒出来，

也有鲜虾活鱼不停地跳腾。

那玉杯又指引她寻见木屋，

那是猎人冬狩时建筑的，

此时春夏去而空置。

屋里有桌椅柜榻，

有灶头可以起火，

有地窖可以贮物。

阿婆叹道：

"啊，这还不算富足吗？

谁人可有享食不尽的米面？

谁人可在野地里不受日晒雨淋？

倘我的孩儿在身边就好了!"
于是冬天的时候,
打猎的青年回来时认她做母亲,
奉养她,照料她,
比她的亲生儿子还要好。

玉难忘那些时光,
难忘阿婆那么珍惜玉杯,
那么小心翼翼,如履薄冰地守护。

阿婆说:
"啊,他们不要我们了,
我此生跟你长久地在一道,
你做我的孙儿吧!
倘我死了,
不要跟我进墓穴,
你跟着猎人,
他尽管不识字,
心里却是明镜似的,
有你那脉理细密的样子。"

阿婆又说:
"太阳出来了,

我带你去晒晒，

你长久地在匣子里苦闷了；

月亮难得这么圆，

我们也去晒晒吧，

月华阴润，

你要滋补呢！

下雨了，

你伸手出来凉快一会儿吧，

打雷的时候不要怕，

有我在一旁，会拿衣服遮住你的。

呀，如果你是个女孩儿，

我要给你织长裙呢，

你定是像我幼时的样子，

或者比我还灵巧许多，

人家说我眼睛会说话，

你是全身都在说话呢！

你那么伶俐，

该是个男孩子吧，

我想什么你都晓得，

考一个状元回来吧，

不要像你爷爷那样，

只在沙场上拼杀，

最后被文官陷害了……

他的命好苦啊！

我现在想他，

我怎么那么想他呢！"

玉杯和阿婆，

因为悲悯连在了一道。

悲悯就是上帝，

凡人悲悯的时候，

就是圣灵充满的时候。

过了几年，

有一日突降大雨，

雨后细玉沟的水中有灵光熠熠，

捕鱼的人认出是玉璞，

随之两岸的人纷纷下河捞玉。

玉璞引来了人间的私贩，

也引来了地狱的私贩。

地狱西方的侯中强，

从埋在地里的书简中窥见玉的身世，

他当时知道的，恐怕比地上的人知道的还多。

他一路追到海城，

寻见云芳阿婆的媳妇，

媳妇说玉杯不知所终，
侯中强给了她金子，
她回忆起阿婆离家时留下的脚印，
说是朝着鲜卑山的方向。
侯中强得此讯息，
转身一枪将媳妇射倒。

地狱私贩进到森林，
寻到猎人的木屋。
猎人与他厮杀起来，
猎人不是他的对手，
被他扼住咽喉窒息而亡。
可怜年轻的猎人，
他本该是玉杯的继承者，
如果此时玉杯在握，
败毙的必是地狱恶鬼。

阿婆啊，
此刻你怎就忘记玉杯的神力？
你的手不触到玉杯，
人的阳气不激发玉的力量，
待落入鬼的手中，
玉的窍穴就要闭塞了！

可是，

恶鬼瞥见了匣子中的精光，

他抢先一步夺去了玉杯。

在拿摩提俱乐部的后台，

玉回想那一刻的错失，后悔不已。

为云芳阿婆后悔，

后悔她错失良机。

"阿婆啊，你还活着吗？

他的手握住我的时候，

我什么也看不见了，

什么也听不见了。

你死了吗？

他杀害你了吗？

如果你还活着，

谁来照顾你？

谁与你朝夕做伴？

我现在难过得要死了，

玉也竟要死了！

你那么疼惜，那么舍命守护的玉，

你那么舍不得我，

而我竟要死了！"

玉在后台的匣子里泣不成声。

第六首　克塞特斯河

在地狱的巴黎有一条河，
叫作克塞特斯河。
这名字的意思，
是悲河，
未被安葬的魂灵，
在河岸要哭泣几百年，
他们的眼泪汇成此河。

这一天，
墨菲来到岸边，
她竭力忍住不叫自己哭泣。
凡来到悲河的鬼，
都会摘下他们的脸面，
释怀哭泣一阵。
鬼的脸面就好比一个面具，

随时可以摘下来，

也随时可以戴上。

墨菲捂住脸面，

从腰间摘下玉玦，

连带系挂的铂金索，

一起扔进克塞特斯河。

"去吧，去听那些无尽的哭声，

你们那些高贵的英灵们，

这下有的是悲恸让你们安抚。

不要再安抚我，

令我忘记怨愤。

那世道的不公，

命运的残忍，

我都受够了！

我绝不会忘记怨愤，

恨是我唯一不弃的动力，

我要靠恨来支撑脸面。"

墨菲说出这些话，

感到轻松许多。

随她一起来的发型师，

就是跪在她腿间帮她修理萼须的，

她的名字唤作断魂赤佬。

断魂赤佬说：

"你不是想要恋爱吗？

我听说做一个爱者不应有恨。"

"这个道理难道我不懂吗？

倘无恨而爱，

我会堕入地狱吗？

这里的鬼，皆因恨的诅咒而来，

唯有将脸面去换取恋爱，

别无他径。"

墨菲在岸边的灯照下面庞锃亮，

她刚吃过新鲜尸肉，

她最近又不缺供应了，

一餐可以吃六块肉排。

她转身看着断魂赤佬又说，

"再说我掷了此物，

大司寇的人便查不到证据了，

这也是为雅克布着想。"

"啊，这件东西真是宝贝啊！

只要封住那缺口，

不让众神出来，

只拿来养精蓄锐，

怕是比吃人肉喝人血要省事。"

断魂赤佬将手伸进河中试探深浅，

"主子就这么扔了，

太可惜了。

我这里有一种硅胶，

就是用来填塞平胸的，

拿它塞住玉玦缺口，

一点缝隙都没有，

定然可以堵住众神的出路。"

断魂赤佬下到水中，

就是墨菲抛掷玉玦的那一处，

她潜水三次都没有寻到。

墨菲有些后悔，

埋怨断魂赤佬何以不早点提醒她，

断魂赤佬说，

她并不知道主子来此要干这件事，

这便真的寻不见了，

难说玉玦中神灵听闻悲泣，

会不会一一俱出。

"啊，怕是要出大事了，

我们快走吧！"

她们想着泪水唤出众神的场面，
害怕起来，
旋即离了堤岸，
仓皇遁走。

重垂的金索拖着玉玦，
沉到河底。
那眼泪汇成的河中，
有地狱中最腌臜的污秽。
苦泪带着脓血，
痛泪带着死胎，
恨泪裹挟着月水和亵垫，
还有分不清是油是酸的浆液，
一并向玉袭来，
一并淌过这身体。
有一截腐溃的软筋样的东西随激流冲过来，
正巧卡进玉玦的缺口，
将进出的路堵住。
这下众神皆难以来到地狱了，
墨菲和断魂赤佬惧怕的事再不会发生。

这莹洁的玉啊，

你如今深坠悲河遭此厄运，

你的命中莫非难逃此劫？

昔日地上水火两神交战，

共工怒触天柱，

天破水泻，

东方的女神拿你炼成溶液去补天弥缺，

你是天的身躯啊！

天之基石，砖瓦，

天之材！

又是造化之主的寝食之飨。

天的血肉、根须，

伸到地上土中，

成为地之筋骨，

云之根底。

或是天的鳞甲落地，

或是天使之翼的一截，

连着祂的经脉，

连着祂的心。

祂怎就弃你于此悲境，

令不堪的龌龊染你腠理肌脂？

玉在克塞特斯河底哭不出声息，

铂金索拖着玉玦沉坠某处。

（王胜在此添注按语，谓：

玉之厄难，沉坠地狱，乃天意预设。

令其伤痕累累，污迹斑斑，

令其窍穴闭塞，遍体疼痛难忍，直陷谷底，

然精体始终不坏，真身不遭亵渎，

经九九八十一难复甦再生。

直见证天力无上，

光明任万般阻挠而不折，

虽千重隔遏而不黯，

已然全胜无敌。）

第七首　疯狂的尾巴

马希坎式，马蒂尼式，

蝴蝶型，葵扇型，

喷火状，箭矢引发状，

鬼脸，恐龙，群星璀璨，

胜利 V 字，新月弯弯，

豆芽儿，美钻儿，

红心，邮戳，族徽，名章……
人间的美容院推出广告——
"蜜帘时尚新潮流"。

妇人有一张阳光下的脸，
妇人也需要月光下的表情。

地上修剪发型的画师，
如今多得一处空隙，
造一个新的头颅，
满脑子都是笨乎乎的肉糜。

两个脑袋的女人，
黑发的大脑，黑发的小头，
金发的前额，金发的后脑勺。
她这里也有思想啊，
傻傻的，低智商思想，
"哇，我探到了她真实的想法！"
掀开裙子的男人不再怀疑。

这样的性趣添注在人生的苦涩间，
为了多一种幽私的话语，
只传给情人看，只让情人懂。

或者在众目睽睽下，
似是不经意乍泄，
诱人深想不止，
如旷野中春风送香，
花粉扬播，
引来蜂蝶飞舞。

如果面容之美向着高洁，
那追寻暗户之瘾必是低级趣味。
这样的低级趣味紧抓着人不放，
根深蒂固，乌漆如夜。
那是罪孽之根，
想要放飞的洁白身躯被它拽牢，
飞出去三里，又拽回来二里，
人一生挣扎，不得逃脱。
你怎可逃脱？
为什么要逃脱？
你逃脱出去就死了！
你将消散在明光之间，
融入空气。

然而地狱的本末是颠倒相悖的，
罪孽的根在头顶，

越往下越稀细，

众鬼在生命的原罪下净化。

地狱的鬼是干净的，

干净得透明。

在那里，无须救赎，

也没有救赎。

女鬼的两个脑袋也是颠倒的，

那暗户竟是明处，

须卷葶上，扯开竟可长过膝盖，

放手复卷，

如人间刘汉的吕雉，

人称"金丝缠阴"。

看哪！

她们用发胶塑形，

做成"义"、"美"和"火"的造型，

她们在贱影中确立"义人"的主题，

那是完美无瑕的梦。

众鬼自诩"义人"，

靠自己的奋斗开创新世界。

然而，经书上说，

救世主的降临本不是来救义人的，

那些税吏和妓女反倒要先得救。

这"疯狂的尾巴"直为了告诉地狱的众鬼，

得胜在望，过一个庆祝的狂欢的节日。

人的脑袋朝着庙堂，

人的屁股对着阴沟；

这地狱里竟是庙堂应纳屁股，

阴沟照着头脸。

所谓鬼的脸面，

乃是鬼的屁股，

那曾在人间赚取脸面的，

到了地狱中尽皆显露在屁股上。

（我的文字笨拙，

写不出地狱这番颠三倒四的景象，

怎想墨菲成天精心打扮的，

原本竟是她的屁股！

——王胜注。）

你们不要想雅克布的俱乐部低俗，

不要带着人的眼睛去看地狱的布局。

那叫作"拿摩提贱影"的俱乐部，

实在是地狱冥府直属的宣教道场。

伟大的杰出的优秀的表演艺术家墨菲女士，

她在地狱鼠年得了"最佳女主演终生成就奖"，

76

在地狱狗年得了"圣德弘惠显仁恭慈"的徽号。

先是冥妃、冥后接见了她，

再后来冥王也设宴亲自款待她。

她一路走红，

红得青紫，

她的屁股被拍下来，

印刷成巨幅宣传画，

张贴在巴黎的广场、地铁、高楼和公车上。

这一切，

都是因为她的尾巴，

那疯狂的尾巴，

修整得出神入化的漂亮萼须，

在发胶和定型剂的作用下挺直，上翘，析光历历。

因此，她离不开断魂赤佬，

离不开雅克布。

她需要无尽的尸肉供应，

来养肥那白花花的肥臀，

令皮下生出光可鉴照的萼须；

她需要修剪的创意日日更新，

让正义和无尘的宏大叙事在审美的具体中绘声
绘色。

那手持玉杯的墨菲，

有那么几天，

她的萼须伸长到地上，

有五个侏儒为她提着长须走路，

就像人间殿堂上金童玉女为皇后提着裙摆的样子。

噢！后来雅克布听信了文书的诡计将玉杯改作了玉玦。

噢！后来玉玦里的英灵纷纷上台取代了她的辉煌。

如今这玉玦终于沉到克塞特斯河底了，

再没有什么神灵会出来与她抢风头了。

尽管那堵住玦口让玉只为养荣的想法曾让她后悔过，

然而重现影幕、东山再起的红火，

足以淹没浅浅的悔意，

足以令她青春焕发！

新的影片又上映了，

俱乐部的观众纷纷拥拥。

墨菲的屁股是一面光辉的旗帜。

这一次她改了须型，

一亮相就是长发飘飘的样子，

不复是凝固棱直的长剑，

不复是上翘冒尖的弯钩，

而是飘洒开来，迎风招展，

作为道义和理想的凯旋，

作为自强不息、抗拒拯救的坚定意志。

长的须发终于掩住几道日渐深陷的骚痕。

然而她不知道，

观众席中有热情癫狂的影迷，

有难以自拔的票友，

也有大司寇派来的密探，

领着司法鉴定的生化学家和基因遗传工程专家正
襟危坐。

他们是那么冷静和理智，

只在群情沸腾时礼节性地鼓掌。

他们是一根针，

已经插入案情的缝隙。

这是玉厄的黑暗日子。

玉啊，你此刻在悲河的第几层？

这光净通透、硕大膨化的屁股，

坐在地府东方的巴黎大城之上，

坐在悲河之上，

坐在玉玦之上。

玉啊，

那疯狂的尾巴，

那阴户上浓密张扬的毛发，

比颅首的头发茂盛千倍，

正将你层层遮蔽。

第八首　断魂赤佬

她在人间西方奥可镇时名唤珍妮。

奥可镇在北欧波罗的海沿岸，

那里是 φ 党控制的地盘。

φ 党声称为城中的泥瓦匠和铜匠说话。

后来有了火车，

φ 党又成为铁路工人的代表。

如今 φ 党是绿色和平与女权主义的代言人，

在资产阶级的议会中占有少数边缘的席位。

然而在野的人民极拥护这个字母党，

尤其工人家的女人们和小布尔乔亚的艺术家们，

他们抗议的方式便是性别辨识，
一朵玫瑰花据说有三重性别：
单性的玫瑰，双性的玫瑰，以及无性的玫瑰，
于是，珍妮也是三个性别：
单性的珍妮，双性的珍妮，以及无性的珍妮。

珍妮的爷爷是泥瓦匠，
在后来不需要泥瓦匠的时代，
她的父亲改行做推销员。
他们几代都住在泥瓦匠的平房，
军营一样的平房，
在灯火初上的黄昏，
竖满电线杆的街道，
街灯将北地的雨雪切成斜柱，
敲打着红瓦的屋顶。
那些红瓦是爷爷烧的，
那些红瓦中颜色鲜艳的是爸爸烧的。

那时珍妮还是少女，
从海边码头中学回家要走很长的路。
有一个胸肌发达的男生跟踪她，
她又怕又欢喜。
她总是在城中绕很长的路，

穿过教堂的墓地，

穿过布满天竺葵的集市，

穿过美式风格货品千篇一律的步行街，

转过来又偏插小巷转回去，

常常最后又来到水边的木制埠头上坐着，

斜眼偷觑远处那生涩的男孩儿。

她害怕那个男孩儿，

怕他跟踪到那片军营式的红瓦房。

她想那个胸肌发达的男孩儿定是富贵人家的公子，

她不想叫他看见天竺葵从阴湿的墙角长出的样子。

后来她有了主意，

一下课就朝步行街走，

走进一座玻璃外墙的大厦，

那窗明几净的地方，

那高耸入云的楼层。

她想，富人家应该住在这样的楼，

她哪里晓得这不过是穷人为富人打工的血汗场所。

她在楼中乘电梯，

上去到顶层，

又下来到地下层，

来回反复；

乘累了又到某一层过道边靠着，

看一眼楼下的街道上，

那男孩儿是不是还在。

就这样，

从下午四点一直到晚上九点，

大厦要关门了，

那男孩悻悻然走了，

她才放心从楼里出来。

做贼似的溜走。

后来珍妮嫁给一名警察，

终于搬出来住到福利房。

那福利房也是给穷人准备的，

虽整洁，却无一丝奢华。

珍妮埋怨警察公务忙没时间陪她，

珍妮嫌弃警察不懂当代艺术不够品位，

珍妮想要钻石并不懂钻石也并不真喜欢钻石只是

看教授的女人有三克拉的钻石于是她说哪怕三分

的钻石也要有一颗。

钻石，

标签，

爱。

如果没有钻石就没有爱——

珍妮真的这么想。

穷人就是这么理解富人的，

可是这么理解，何时才能解放呢？

警察努力了，
起早贪黑努力了，
还是没买回来哪怕三分的钻石。

珍妮在夜场中认识唱歌的皮特森，
皮特森是埃尔佛渔民的儿子，
φ 党的地方书记。
珍妮说：
"皮特森，我能不能跟你谈一下，
你主观主义太严重。"
珍妮说：
"莫妮卡，萨皮纳，鲁西，还有苏米娜，
你们下午两点到思想者雕像下集合，
我倡议举办一次啸叫集会。
哦，当然，皮特森再忙也必须参加！"
珍妮说：
"我认为皮特森变了，
自打他去了一次中国回来后就变了，
他买了一双鳄鱼皮鞋，
他那个来回拉弓的乐器上蒙着蟒蛇皮。"
珍妮给皮特森发匿名邮件，

信上说：

"同志，你堕落了！

我是党内一名忠诚的党员，

我发现你最近电脑桌面壁纸换了，

原先是党旗，

现在是你个人的头像。

这是严重的个人崇拜思想在抬头。

我郑重提醒你，

回头是岸！"

……

珍妮干了很多很多类似的事，

烦死了皮特森，

逼得皮特森走投无路。

然而，珍妮不过想说，

"我喜欢你，皮特森。"

可是，珍妮的妈妈，

那个热衷于红袜子运动的妈妈，

从来没有开启过珍妮的风情，

尽管溺爱她，

将家里少有的鱼肉总是留给她吃，

甚至包揽所有家务，

连内裤都不要她洗，

却总是提醒她要正确，正确，

一切都要正确。

有人告诉珍妮的老公，
说φ党的书记在钓你老婆。
老公怒从中来，
带了几个兄弟闯进φ党办公室，
搜查了他们的保险箱，
查出一沓选举舞弊的证据，
于是取缔了φ党在奥可镇的据点，
将皮特森赶出了城市。
珍妮被老公毒打一顿，
啊，这是家暴，
光天化日下赤裸裸的家暴！
可是珍妮并没有上诉，
珍妮需要正确，正确，
一直正确。
她觉得她好像真的跟皮特森有一腿，
她这个正确的女权主义者怎可丢失脸面？

她离婚了，
离婚了离开警察老公不仅没得到三分的钻石如今
连吃饭都是问题，
不会洗衣服不会照顾别人懒得像只猪连垃圾袋都

不收拾谴责老公不够用功恨铁不成钢对自己毫无
要求对他人苛刻百倍，
这就是女权主义政治正确，
独立就是别人养着她她还可以去外头心猿意马。
当然实在不行了再找一个没人要的丑女搞一下同
性恋号称性别革命。
是的，艾丽莎大姐教她这么做了，
教她找一个瘸腿的非洲女人做性伴，
哦，还有，
最近来了一个东方国家抗议专制的农村诗人，
为他搞定居住身份，
然后让他做用人，
夜里还可 SM 一番，
用细细的皮鞭抽他，
他们那里不是有一首歌？
"我愿做一只小羊，
跟在她身旁。
我愿她拿着细细的皮鞭，
不断轻轻打在我身上。"

珍妮很失败，
连这样的事情都搞不赢。
瘸腿的非洲女人跟乐队鼓手跑了，

东方的农村诗人踩着她以及她的上级的肩膀终于
找到了斯德哥尔摩的女军火商。

结果珍妮又回去找警察，
在警察膝盖下，
跪求复婚。
警察怜悯她，
同意复婚。
这一刻，珍妮做了一回女人。
女人本该是这个样子的，
她需要爱情，
也会犯错，
同样也会悔恨交加。
如果没有爱情而获得了政治正确，
有什么意义呢？
经书上说：
"人若赚得全世界，
赔上自己的生命，
有什么益处呢？
人还能拿什么换生命呢？"

警察终于得到提升，
现在做了一名警官。

警官告诉珍妮说：
"珍，我要对你好一些，
给你买钻石。"

珍妮得到了三分的钻石，
珍妮为警官生下一个女儿。

可是女儿三岁时，
他们又离婚了。
因为珍妮除了正确一无所有，
她这回又不知道该如何做母亲了。

警官带走了女儿，
抛下她一个人。

她在波罗的海边踟蹰，
仰望思想者塑像，
看远处集市上的天竺葵花依旧鲜丽，
那满是玻璃的高楼大厦还记得她躲在里面的时
光吗？
珍妮很聪明，
她的全部聪明不过用来藏身换脸面，
竟一点也派不上用场来过一次生活。

现在她什么都没有了,

只剩下一张脸面紧攥在手上。

她跳下了大海,

真的,她很勇敢,

因为她的身后有另一些珍妮还苟且活着,

苟且为了脸面不肯松手,

听信他人崇拜偶像而抗拒命运

又怯懦不敢决绝,不敢与世断交。

大海的洋流将她冲到悲河,

她在河边哭泣了七日七夜。

她遇见了雅克布,

雅克布说:

"姑娘,戴上你的脸面吧,

这样你就好受些,

会忘记人间那些悲痛的事。

我看你哭得那么伤心,

就叫你断魂赤佬吧。

你随我去,

去到那宣扬正确的道场,

那里可以让你大显身手,

继续你伟大的事业。

你会得到兑现的，

命运中亏欠你的，

在地狱中必得公正。

我们其实并未死去，

我们只是那些扼住命运咽喉的人——

而命运的奴隶们管我们叫作鬼。

做鬼又怎样呢？

这只是一个称呼罢了。"

后来的事情我们都知道了。

再后来，

就是墨菲扔掉玉玦之后，

断魂赤佬又来到了克塞特斯河边。

其实那天她下水替主子寻玉，

她摸到了铂金索的环扣，

她潜水三次，

一次摸到了，

第二次去寻一样锐物，

她找到一根生锈的粗钉，

第三次她将钉子插进环扣中，

固定在一个地方，

好不叫河水冲走玉玦。

这下她来取她的暗藏了，
那玉玦由铂金索系着，
那索的另一头接着环扣，
环扣里插着铁钉。

那玉玦复出水面了，
如今落到了断魂赤佬的手中。

第九首　告密者

大司寇接到告密，
说雅克布走私，
背后主谋是石页，
因为没有人比石页博学，
会知道玉杯的身世和妙用。

告密者是文书集团的艾弗，
与石页同窗又同事，
曾经向墨菲献媚求偶，
那时墨菲还在贱影学院受训。
墨菲没正眼瞧他，

却投入石页的怀抱，

石页又将墨菲转手送给雅克布。

艾弗这次是冲着石页去的，

想先揭开雅克布的盖子，

再牵出石页报私仇。

不想墨菲这时候跳出来，

按捺不住复出影坛的狂喜，

四处扬言没人能扳倒她，

即使能说会道的艾弗，

"艾弗又怎样？

貌似大义凛然，

其实他的屁股翘不高，

盖不住那发酸发臭的人脸。

他癞蛤蟆还想吃天鹅肉？

雅克布的瘦胳膊都比他的大鞭子细！"

（啊，在地狱又见有一桩反事，

那里的男人以粗壮为羞耻。）

这话扎痛了艾弗的神经，

他精心打扮的瘪屁股，

作为巴黎最另类的脸面横空出世，

怎可让这说话托不牢下巴的娘儿们恣言抽打？

这便话锋一转直指墨菲。

"雅克布以玉养宠，

民众须擦亮眼睛，

查一查墨菲的根底，

看看她的尾巴底下究竟是什么！"

艾弗义正词严。

大司寇于是派人下来，

缉捕墨菲和她的左右。

可怜墨菲替石页做了替罪羊，

在牢里受尽折磨，苦遭刑讯逼供。

她矢口否认玉案，

想既已玉沉河底，

定然死无对证。

那威震四方的大司寇，

那位高直至冥王一人之下的储安乐，

这时不得不屈尊下牢亲自拷讯，

他提了墨菲，也提了墨菲左右仆佣。

那心机绵密的断魂赤佬，

这下终于等到了良机。

她的聪明啊，远胜人间智者，

她的聪明啊，在人间却过不得半世生活，

如今在地狱的监牢里，

这聪明终于派上用场。

她说真的没有走私案情，

真的未曾见过人间的玉杯，

然而她知道墨菲其他的坏事，

她的恋爱秘密，她的写满情话的日记。

衙役搜查了墨菲的住处，

果然查到许多赃物。

断魂赤佬随之得了审讯官的信任，

趁机又说，还有更凶险的私藏，

都是活人催情的秽物，

装在匣子里，放在她的卧室。

大司寇的随从于是由着断魂赤佬带领，

去她的房间取来许多匣子。

其间有她的工具箱，

钥匙藏在箱底的暗层里。

回到审讯室，

随从将匣子纷纷罗列桌上，

断魂赤佬说：

"尊贵的大人，

让我来为你启开匣子，

替你遮挡污臭，

因活人的催情物有毒，

会伤到你的身体。"

于是，随从退到一旁，

只有断魂赤佬与储安乐面对匣子。

她寻出钥匙，打开工具箱，

又顺手支起一面镜子挡住随从的视线。

这时候，

抽屉一角的铂金索连带着玉玦闪了一下。

断魂赤佬迅捷地瞬间将抽屉推回，

道："大人啊，现在你知道案底了，

不能再看更多了，

免得刺伤眼目。"

储安乐这便心知肚明，

支开了身旁所有衙役，

独留下断魂赤佬与他说话。

这是绝顶聪明者的会晤，

他们的谈话改变了地狱的时代。

储安乐听罢神物的来龙去脉，

全然知晓了玉玦的秘密，

说："看哪，聪明的发型师，

这玉玦的另一缘，

尚有一处原本就在的老缺口，

还有那玉肉上隐约的一个字，

你此刻也用你神奇的硅胶将它们封住吧，

不要令一丝空隙遗存，

这样神的出口才彻底被堵上。"

"大人果然明智非凡，

这些纰漏我居然没有想到。

我这就将它们封填，

做到万无一失。"

储安乐将封好的玉玦揣进怀中，

眼睛看着监牢的窗子，

将欣喜的声音压平，说道：

"你保证只有墨菲一个人知道玉玦的下落吗？

倘是这样便好办了！

日后你放心跟随我吧，

在我的左右行走，

你的聪明和忠诚足以辅我成就大业。"

断魂赤佬因举报有功得了嘉奖，

冥王赐给她地府的官职和显赫的爵位。

她被巴黎民众叫作"断魂女伯爵",

称她为"捍卫公序良俗"的圣女。

圣·断魂女伯爵!

地狱的颂歌赞道:

"圣·断魂,

圣洁而鲜亮,

你心中燃着火的辉煌,

灵魂温暖明亮。

你保守着贞洁名誉,

以此为冠,高尚而堂皇,

它带来月桂的胜利芳香。

"巴黎城的圣·断魂,

我们的希望在你身上;

巴黎城的圣·断魂,

求你带来凯旋的晨光。"

可怜的墨菲!

这下可怜的墨菲要把牢底坐穿。

他们将她绑缚在铁甲车上,

将她的骷髅头锁定在高处，

令巴黎的民众看见，

从右岸的无嗣王大街出发，

四处游街示众，

直到巴士底监狱。

众鬼中有声音道：

"看她，还想谈恋爱呢！

她传播淫秽刊物，

私贩人间催情剂，

公布罪证的展览会上，

你们看见了吗？

那条男人的裤头，

布满尿渍和阳精。

难怪街上出现了不明生物，

难怪我们中间有萌发春情逃走的！

她隐藏太深了！

她不是宣称永不背盟的契约婚配吗？

她不是说爱情至上，神圣不可侵犯吗？

她不是说骚情是购买成功的最佳货币吗？

她骗了我们！

打她呀！"

烂肉和腐败的内脏一时都扔到墨菲的头上，

她挂着一截溃破的人肠子嗷呜乱叫。

风光的艾弗，

还有那个艾弗，

一切事情因他而起。

官府似乎故意淡化他，冷落他，

然而民众拥戴他，

狂热崇拜他。

众鬼替他画了一幅巨像，

放在香榭丽舍大街靠近凯旋门的地方。

那是刑天的样子，

双乳为睛，肚脐为口，

举着利器欲与天斗。

画像下有一条横幅，

上面写着：

"为民鼓呼，大众脊梁。"

第十首　猫耳王党

老谋深算的储安乐，

借口追查玉案，追查叛逃，

实则暗中寻机想扳倒政敌。

他的政敌是王叔嘉彬，

鬼称"猫耳王"，

因他的旗徽是两个大水滴，

看着就像猫耳朵。

鬼界是死界，

并无人间的生育，

那家族是沿袭了地上的血脉，

原先在地上是一家的，

落到此间仍做一家。

有单身的进了地狱，

或者也搭档配对，

只是不会生子，

没有繁衍。

鬼的婚姻按着契约，

那是鬼的法则，

既要门当户对，

又要爱情至上。

爱情，

多么动听的名词！

鬼的婚誓唱道：

为爱奋斗终生，

为爱牺牲所有，

严格遵守契约，

忠贞不屈，

永不叛你。

爱情在地狱中全然纯粹，

不可有点滴瑕疵，

不可有不贞一闪念，

至清至察，

明澈见底。

那叛爱的会被追逐到地狱之角，

那失足的必叫你粉身碎骨。

两鬼紧紧捆绑在一起，

须无间无隙，片缕难插。

他们既无上天的祝福，

也不本着救主的圣名，

他们是自作主张，自行其是。

啊，人间的爱，

原本出乎喜欢，

所谓爱，不过是好，

好你秋波传神，

好你肌若丝绵，

好你怯生生退步，

好你傻乎乎莽撞；

青菜自有萝卜配，

蝎子蜈蚣凤求凰；

只是丢了魂魄，

定怏怏将那冤家看在眼里拔不出。

这样的爱难以长久，

随着境遇变迁终有聚散。

说什么海枯石烂，

发什么山盟海誓，

都只是好到难舍难分时的一派狂言！

也有白头偕老的，

那是天给的恩赐，

羡慕不来。

人生苦痛无涯，

倘幸得爱情，

必是上天眷顾，可怜浮生，

那并不是一件人做得成的事情，

并不是努力奋斗、订规限矩可以实现的。

地狱有三毒：

至上的爱情，

精致的脸面，

以及滚烫的势利。

那怨恨人间的鬼们聚在一处，

企图以爱情、脸面与势利取代上帝。

你本是造化的子民，

如今认贼作父怎会有结果？

于是忧虑啊，愁苦啊，

接踵而至，

一切都依凭自己了，

哪有比这更为辛苦的？

所谓罚入地狱，

便是罚入这般境地，

这般永世劳苦、永不出头、惶惶不可终日的境地。

如此重负，

众鬼难道无须安慰吗？

文书说：

"入我门，

虽苦犹安！"

文书石页果然博学，

他为地狱的苦厄配制了麻醉剂。

记得他说墨菲去不干净骚气难成一具美蜡像吗？

这话好比人间眼中有梁木却指责他人眼中有芒

刺的，

"瞧她高尚情操，

脱了裤子就是婊子！"

文书的意思是，

高尚要一贯到底，

卑鄙也要一贯到底。

"可恨人间伪君子，

更可恨地狱假小人。"

石页说，

"做一个真小人吧，

做一个地狱中的真鬼吧！"

呵呵，如果真是唯一，

难道真的反面还是一吗？

地狱此间并无真，

鬼啊，都是假的，

假的意思，就是死的。

天堂里，只有快乐，无有苦痛；

人世间，既有快乐，亦有苦痛；

而地狱中，既无快乐，亦无苦痛。

死啊，那是静寂，

无底的静寂。

就像爱情，

去了喜好与骚情的罪底，

由着妄想的强迫而限定，

哪里是什么至高无上的神圣，

分明是窒息沉黑的杀戮！

然而睿智的石页……

是的，真理的反面是无穷的知识，

无穷的知识抚慰那水深火热的魂灵。

记得雅克布调戏的话语吗？

"瞧那骚头帘，

跟裤裆里的一模一样。"

他成了石页的门徒，

他亦步亦趋、牙牙学语，

跟着石页说些人间流氓的话。

那是地狱之鬼贴一贴标签，

那是疾苦深重的怨愤需要释怀的经咒，

这人间罪孽的象征词，

贴厚了，念多了，会不会成为"真鬼"？

"让我过把瘾就死！"

"让我在雪地里撒点儿野!"

好一个江湖莽汉!

江湖是什么?

江湖啊,

它起初用恶捆绑你,

最后成就你义薄云天。

义啊,

还是那个义!

怎就落入江湖还是脱不了庙堂的那个义呢?

你有种恶贯满盈一路走到黑啊?

你怎就还是舍生取义最后做了义的俘奴?

早知今日成仁就义,何必当初落草为寇?

江湖啊,

从来没有不向义处走去的,

庙堂崇义,江湖崇义,

分什么江湖庙堂高低!

"流氓假仗义!"

人间有这样一个声音,

揭穿了江湖的秘密。

庙堂用道义捆绑人,

江湖用道义捆绑人更紧。

石页在地下摆开了江湖,

号称江湖第一侠。

他是地狱中那个年代的时尚风标，

虽猫耳王亦心悦诚服，拜他为师。

最最最深刻的思想家，

匕首，投枪，手术刀，

墨菲算什么？

直着求义竟盖不住骚丝不断，

怎敌他索性流氓反倒成就全义！

恋爱？

恋爱是偷情，

不如放开手脚当公共厕所，

净化无路时，

污化必净。

还是净啊，

净便是死。

地狱中只有死。

鬼，死，假，

其实都是同一个字。

哪有什么真鬼真小人？

真的，先在此在永在，

唯来自于天上。

猫耳王嘉彬一党，

按照人间江湖的规则团在一起，

与大司寇储安乐路径不同，

虽终究都指着义，

却气不投洽，相视为仇。

嘉彬猫耳王的势力不可小觑，

他把握邮政、铁路和能源，

虽无兵马粮草，却卡着地府颈脖。

石页出谋划策，韬略满腹，

另有太子纠集一干纨绔子弟加盟，

铁幕重重，层层勾结密不透风，

这叫储安乐无计可施，无从下手。

第十一首　云英脱胎

这玉玦落入储安乐手中，

冥界谁也不知晓，

唯独圣断魂心藏秘密，

这叫大司寇放心不下。

愚者只想到灭口，

智者另有高妙打算。

在巴黎东郊密西德森林的官邸中，

储安乐的指骨刮过玉玦时发出铿铿声响。

这是玉的正声，

唯良玉声正，若石中有钢，舒扬悠长。

借着远处霾中的日光，

储安乐透见英灵之影栩栩如生。

这玉玦此时已是玉环，

圣断魂的硅胶弥合了凹缺，

一色儿的碧莹莹，

看不出破绽。

揣着它上朝，

揣着它拥衾，

须臾不离。

古话道：

"君子无故，

玉不去身。"

储安乐是君子吗？

这冥府中的大司寇是君子吗？

他衣葛麻，着木履，

他的朝冠是草编的，

他的内衣补丁层层，

百官佩戴金龟以示身份，

他的那只是塑料镀金的。

他说，为朝廷节省，

为百姓克己，

不食民脂民膏。

然而他的言行贵比金银，

满朝文武的心跟着他张弛。

财政大臣是他的人，

兵部尚书是他的人，

农相、文相、外相都是他的人，

府库的钱财、国中的兵马，任由他调遣。

储安乐是君子吗？

他一日三餐，

不过一汤一蔬。

啊，汤是肉筋炖的，

人肉的筋，

为的是多少吃一点人肉，

让骷髅外至少包裹一层皮，

免得做司寇的只剩一副骨架

不存为官者威严。

所谓蔬菜不过是坟头上的供果，

地狱鬼民是不吃的，

他说弃而不食可惜，

拿来吸附肉味，

尝一尝肉味就好了。

如今配着玉环，

精神百倍，

即使省去一汤一蔬亦容光焕发，

如是则省去肉筋，

唯饮一碗清汤。

他挑了玉中清癯的名相的身影，

这样受了精气还不露声色，不招摇过市。

玉之精妙竟如此深不可测，

竟心想事成，遂愿伸缩。

怨鬼果真净化纯澈吗？

亦不尽然。

如墨菲留着几道骚纹，

如储安乐，即便位尊至大司寇，

亦去不掉每日涌上来的几滴馋津。

"多么可恶的馋津！

为什么还有这个东西？

我的德行还不够高吗？

我的修为还不够好吗？”

是啊，不论英灵、庶魂还是恶鬼，

毕竟都是人变的，

那一点骚馋细如丝须，

然而真的残留着，

尽管全地狱心向净化的死寂，

然而真的残留着。

那时的储安乐，

残留着馋津的储安乐，

发明了一种包子，

内里塞紧了人肉馅儿，

包得小小的，

随从见他会客、奔波、处理公务，

倥偬间只将包子装入衣袋。

厨师哭了，

仆佣落泪了。

啊，百姓的大司寇，

尊贵的大司寇，

连一餐饭都吃不好，

只有包子，冷了的包子，

装在衣袋里！

然而有一次，

一个马夫家的小鬼不慎闯入厨房，

偷吃了他忘记带走的包子，

惊叹道：

"我从来没有吃过这么美味的包子，

我真想把我吃过的所有东西吐出来，

换一口这样的包子。"

这次露馅儿了！

但是，如今有了玉环，

再不用与百姓玩这么蹩脚的藏猫猫了，

真的止住了馋津，

别说什么包子，

再好的人肉都索然无味了。

储安乐净化了，

尊贵的大司寇终于摆脱了人类的低级趣味，

成为一名真正的死鬼寂魂，

你们谁还想挑出一点错来吗？

这就是玉的好处啊！

在墨菲那里是光彩，

在储安乐这里是洁净。

储安乐是君子吗？

水利部长每餐要吃女尸的乳房，

要挑大个的，说油脂丰富，

说吃罢乳房还要啃脚趾，

咯咯作响真来劲。

储安乐光火了，说：

"我一日饮一碗清汤，

我日理万机只睡两个时辰，

我能做到你为什么做不到？"

自打有了玉环，

储安乐的精力源源不绝。

他弃了马车，开始步行；

他连续接见宾客，

一天会谈二十二个小时；

他批阅的公文汗牛充栋，

援溺振渴，事无巨细；

他的记忆力好到可以记住每个街区户籍上的姓名；

他早朝面见圣上上午训斥百官中午宴请外宾下午

访贫问苦傍晚回复举报夜里观看演出深夜挑灯夜

读凌晨微服私访……

外加替冥王断清那难断的后宫嫔妃鸡飞狗跳的家

务事。

他甚至忍辱负重，

那次王妃遭冥王冷落，

竟迁怒于他，

在大庭广众之下他光出屁股受王妃鞭笞而默不

作声，

不喊痛，不蹙眉，一鞭一笑，一斥一诺。

啊，难道玉还能叫他失掉一切痛感吗？

另有一件怪事发生了。

储安乐每成一功，每受鬼民一赞，

巴黎城必有一朵云英脱胎。

脱胎的云英，脱去底片的外形，

生出立体肥润的花瓣，

颜色通红，

成为不死花。

夏宫门口的云英红了，

荣军院里的云英红了，

巴斯克卫生院周围草坪上的云英红了，

连克塞特斯河的水也被岸边的云英映红了。

然而玉，

无泪而泣。

哪一分钟可以挣脱恶魔之手啊？

无时不在他的手中，

无时不由他吸吮、触摸、碾压！

"谁来救我？

谁来用柔慈的眼光慰养我？

谁用那人间的纯阳之气与我交融？

舞者婆娑的腰脊，

那英俊祭司灵敏的指尖，

王者酥白的臂弯，

武士勇阔的胸膛，

还有伤心的诗人，

春心荡漾的美姬和绣女，

那些人间血肉丰满的形象，

你们在哪里？

云芳阿婆，

你暖暖的气息呵我醺醉。

春风吹拂我，

秋雨淋洒我，

远方的山岚与我呼应，

竹林，炊烟，

酒和香丸的味道……

这些我都快记不起来了！

我干涸了。

爱我的人和认识我的人，

你们还活着吗？"

玉觉得自己在变小变瘦，

在地狱巴黎东郊密西德森林里黯淡。

第十二首　霾

地狱里终日扬尘，阴霾密布。

霾是地狱的保护层，

倘失去霾，日光透射进来，

众鬼将窒息而灭。

在人间，天雨沙土谓霾，谓阴晦。

那人口稠密的地方，

清阳升腾，雾霾难以汇集；

那人所荒弃之处，

时有众鬼出没，阴土难抑。

起初，

先民按造物主指点，

择美地而居。

居而不移，世代相继。

生者于地上，死者于地下，

118

升清降浊，生死分明。

人建祠修塔，镇墓压胜，

以震慑亡魂。

人去城而远走，

无祀则阴魂无守，

兴风作浪，施虐横行。

凡有霾的地方，

必是游魂作怪之处，

先是于故地盘旋，

寻不见家人便追到别处，

渐染周边明净之地。

看到霾追过来了，

必是鬼来讨祭了。

丢弃祖地而远徙的，

有祸了！

霾裹着鬼的世界，

偶于地上与人世并存。

地狱中，有大霾团积，

霾下的地界阔遥万里。

那时神出玉体，

于巴黎的街上流落，

化雨化雪化霜，

也化掉多处阴霾，

戳破了霾层。

如今无霾的漏洞，

阳光透射进来，

照得恶鬼无处藏身。

大司寇原是为这事立的案，

眼下搜得了玉却无力补漏，

冥王追问下来，

一时不知如何是好。

断魂赤佬生出一计，

啊，对了，现在她是圣断魂了，

圣断魂对大司寇说：

"不如以搜神为名，

全境追查猫耳王党，

以此排除异己，

剪灭反对势力。"

此策正中大司寇心怀，

遂下令挨家挨户缉问，

由生化和遗传的专家做鉴定，

分辨神鬼。

实在那出离玉体的诸神都消散了，
哪来的什么神的踪迹！
只是裂开的霾层尚难补漏，
成为查办甄别的藉口。

巴黎的鬼众，
凡与猫耳王党有关联的，
一并被投入大牢，
即便只说过一句王爷好话的，
也成了缉捕对象。

一时间牢中鬼满为患，
一切可以拘禁的地方都挤满了囚徒，
连克塞特斯河岸边的阴沟都用来关押。

猫耳王的党徒们一再退忍，
沉默啊沉默，
直到了无路可退的地步。
"我们怎可束手就擒，坐以待毙？"
石页谓嘉彬王道，
"索性举旗反了吧！
现在起事尚有活路，
等案子查到王叔头上，

一切就晚了!"

事已至此,

嘉彬王只好反击。

他们择了七月中的十四号上街,

这是巴黎城的立国日,

象征着独立者解脱命运捆缚的时刻。

他们买通了巴士底监狱的牢狱长,

将监门的钥匙弄到手,

开了所有的监门,

一时狱中囚徒夺门而出,

纷纷拥向旺多姆广场。

军警与囚徒长久对峙,

先是水压枪,迷雾弹,

再是火焰喷射器和坦克,

不想强力非但没有镇住叛民,

反而激怒了全城的鬼众。

那些不是猫耳王党的市民也加入到集会中,

他们穿上黄马甲以示同心,

结果对峙演化为一场骚乱,

众鬼们冲向爱丽舍宫和夏宫,

将冥王与妃后们团团围住。

啊，只有德高望重、克己奉公的大司寇出来说话，

民众才买账！

这是太好的机会，

储安乐最怕死水一潭，

最怕政敌纹丝不动。

如今动则起伏，

波浪落处必有破绽。

于是，他下到死牢中提了墨菲出来，

告诉她雅克布和石页那伙弃她不顾，

朝廷缉捕的是出离玉体的诸神，

拿她下狱并非本意。

"看哪，巴黎的上空破了洞，

日光射进来毁了冥界田土；

又有神转变了百姓的心思，

引他们归入墓穴。

长此下去，

国将不国，

巴黎城将毁于一旦。"

储安乐说，

"如此大灾降临，

皆因雅克布贩私。

你以为他重金寻来玉杯，

是为了让你声名鹊起？

呵，这是欺你单纯，

实乃为了他自己发达。

你不要忘记诸神出来的那些时日，

你是怎么被打入冷宫，

又怎么看尽白眼、孤苦伶仃。

而如今大难临头，

全境的苦难为何让你一人承担？

你理应将恶棍揭露出来，

以救国家、王室于危亡中。

雅克布与石页密谋开启了玉门，

是他们放出诸神令我境蒙难，

这是颠覆朝廷的莫大阴谋！

你何苦做替罪羊毁了一世英名？

你是如何苦苦经营挣扎到这里来的？

你的一世人生是怎么残破不堪的？

你怎可忘记，怎可前功尽弃？

如今开一个公审会，

你将他们指证出来，

为民除害，护国保王，

我必洗刷你耻辱，还你清白。"

于是，大司寇主审，

在方尖碑广场开了公审会。

雅克布和石页被指证出来，

民众的愤怒一下都转向他们，

情势陡然逆转，

王室转危为安。

石页在庭上擎起嘉彬王大旗

企图振臂一呼，负隅死战。

大司寇打断了他，

将猫耳王保了下来。

储安乐道：

"聪明的文书，

天才的文书，

你巧舌如簧，

将黑的说成白的，

巴黎是王族的巴黎，

有谁会将自家毁坏，

白白由入侵者摆布？

嘉彬王是尊贵的元老，

他来这里的时间恐怕比在场的许多掌权者都要早，

比圣上陛下来得还要早，

是他先聚了三五个冤魂立的国基，

那起初的界碑还在悲河的对岸，

你们都可以去看看，

不要忘记筚路蓝缕、以启山林的艰难岁月。

他如何愿意叫玉体中的诸神将民众掳了去？

你们暗地里煽风点火，

蛊惑民众称王叔一脉叫作猫耳王党，

这是离间王族，是别有用心！"

这话将嘉彬王与石页一伙分开了，

也将猫耳王党离散了。

一石三鸟，四两拨千斤。

公审的结论是：

一切都由于文书集团的操纵，

石页被判谋反颠覆罪，

处以流刑。

啊，地狱中是没有死刑的，

鬼本是死本身，

哪有死了还死的道理？

地狱之极刑便是流放，

流放到巴黎之外的西方，

到那些还在劳作、生产和炫耀武力的蛮荒之地，

他们正如石页所言，

还看不透地狱的秘密，

还不知语言的强力胜过事实。

可怜的墨菲终于得到民众的宽谅，

她的冤案大白，当庭释放，

只是重回贱影世界已风光难继，辉煌不再，

众鬼将狂热投向了别处，

地狱的时代冷落了她。

第十三首　平滑的地狱时光

这时候又发生了一件事。

墨菲既已获释，

巴黎的众鬼便知晓玉沉悲河。

那河，蜿蜒几十里，

穿城而过，

两岸每日有四面八方汇集过来的鬼，

溯河寻玉。

这事令储安乐不安，

他忧虑圣断魂女伯爵会怎么想。

现在，只有她怀揣着秘密，

只有她知道玉玦的去处。

忠诚是一回事，

但万众的需求渐趋一致时，

忠诚会不会演变为野心？

雅克布曾是她的主子，

墨菲也曾是她的主子，

如今储安乐做了她的主子，

之后她会不会又有新的主子？

这么想来，

大司寇的脑子似乎破了一个洞，

想将来恐怕并无宁日，

总有走漏风声的暗穴。

他的车驾路过丕平大街，

他从车帘一角望出去，

见有婚礼的队伍鱼贯而过。

又是单身寻到搭伙的伴儿了，

或者有孤魂终于等来了先前地上的配偶。

联姻。

难道真的只好出此下策吗？

与女伯爵联姻，

这真的可以彻底封住她的口，

将野心戕灭吗？

"如果墨菲做了这件事便好了。"

大司寇如是想，

"她不到最后的时刻，

不因主子弃了她，

并不会站出来指正。

她一直守口如瓶。

然而聪明的女伯爵不是这样的……

在我之上还有一位主宰，

我主宰万众，

他主宰我。

在此间地狱，

难道女伯爵不由他主宰吗？"

他接着推想下去，

"不，墨菲既忠于她的主子，

便没有理由将玉玦交出。

那样，我怎可获得这般机缘？

机缘就是这样的，

有机巧，

亦有刃缘。"

再锋利的刃口，

磨平了不过是铁杵。

婚姻啊，

婚姻就是最好的砺石，

什么样的锋刃不叫它磨得光钝呢？

在人间是这样，

在地狱更是如此。

灭口？

德高望重的大司寇是不做灭口这样低级的事的。

坐到大司寇这么高的位子，

还缺乏手段和实力去摆平各类麻烦吗？

只有人间的下三烂才玩灭口。

再说，地狱是没有死亡的，

至酷极刑不过是流放，

将女伯爵流放出去，

让她与石页之流合污，

这是壮大反对派的蠢举。

鬼，就是死亡，

就是死亡本身，

再也没有死后之死，

除非真的有上帝，

除非真的像人间的经书上说的，

有那最后的审判之日，

有那煎熬恶鬼的硫黄炼狱！

死与死纠缠在一起，

死之刃与死之砺相错，

这结果必是平滑。

所以，地狱是平滑的，

无有锋利、错落与突兀。

多么好啊！平滑的地狱时光！

在人间，这平滑被蔑称为平庸。

追求平庸的人有福了，

只有地狱中有全然的平庸。

"我等不来人间的发妻了，

她是一个淫妇，

淫欲叫她留恋人间香火，

即便死了，魂灵也要钻进男人的裤裆嗅骚。"

大司寇谓圣断魂伯爵道，

"你的那位捕役老公，

此时早该寻了别家女儿做媳妇了，

倘死了，

他这种人的魂灵是觅求安宁的。"

"您是希望夫人改邪归正吗？

还是在思考如何令那些亡魂得救？

地狱里的鬼有逃散的，

您正在为复聚冤魂操心吗？"

（王胜注：地狱的逻辑总是颠倒，

这般颠倒真的分不清是非了。

淫欲究竟是什么？

这等恶鬼竟以贞洁为善？）

"此界之魂，

孤苦无涯，

倘无伴无侣，

亦倍感落寞。

此事无关乎位卑位尊，

死是一场群欢，

拖人垫背才死得欢畅。

没有死的个体主义，

只有死的集体主义。"

"我尊敬的师长，

我的恩人，我的主子，

难道于这件事上，

我卑微的灵魂能为您做点什么吗？

您是要我替您寻一位女鬼来做伴吗？

究竟什么样的女鬼才能配得上您的厚德?"

""'人面桃花相映红',

记得这句诗吗?

你最后跳进波罗的海时攥紧的那张脸面,

还是桃红的颜色吗?

我喜欢桃红的颜色。"

这下，女伯爵，圣断魂，断魂赤佬，听懂了。

当时雅克布给她这个名字,

所谓赤佬，意思就是指她的桃红脸面。

她是鬼界透着最鲜艳色彩的桃红,

而尊贵的大司寇储安乐说,

他喜欢桃红的颜色。

他们成亲了,

大司寇与女伯爵的婚礼,

在密西德森林的草地上举行。

当然，那森林的树是铁锈的,

那森林的草地是蓝莹莹的,

都是人间倾倒下来的废料堆积成的,

有核子的废料，塑胶的废料和一切毒金石的废料。

只是脱胎的云英花一层一层的，

肥润而生鲜，

由远至近，

铺地如画。

大司寇和女伯爵的根须拖得长长的，

每一蓬都要由十二个童鬼举着，

比墨菲那疯狂的尾巴还要长，

化妆师用了上好的凝胶塑型，

按照圣断魂女伯爵的心思打扮，

令参加婚礼的宾客赞叹不已。

那是玉的精气荣养的，

如今，大司寇和女伯爵同享神物，

在地狱的巴黎城，

唯有他们再无须尸肉之飨。

人面桃花相映红，

在地狱的世界里，

人面和桃花都是屁股，

精致而庞大的屁股。

这就是地狱的壮景啊！

再一次颠倒着呈现。

地上的人们啊，
怎看得懂这般悚怖奇观！

环，那填了玦口的玉环，
已然瘦缩一圈，
精气日益流失，
饱了恶鬼的饥渴。
一切尽在祂的掌握中，
难道鬼握神器而丰隆，
也是祂早先的预备吗？

这一天，
举国欢庆，
地狱的盛典上怨愤鼎沸，
所有的恨都倾泻出来，
令众魂酣畅淋漓。

大司寇的婚礼似乎是一切恶鬼的婚礼，
孤身的，好比结婚了，
结婚的，好比再结婚了。

第十四首　红白黑

当你在出土的古玉上看见红白黑的沁色，
你知道它们的来历吗?

那通红的如霞光赤照，
据说扔进缸里，
可将一缸的水映红。

那白色的如云雾缥缈，
又像是奶渍浮浮，
更有甚者密不透风，
如厚絮团裹。

那黑色的油光锃亮，
如漆如美人云鬓，
也有浅晕未深的，
丝丝入扣，
如牛毛浮现。

在地狱的深处，

有三样难解的毒素，

日积月累，千年叠升，

居然也渗透到地上人间。

这第一层叫作爱情，

从地狱的东方钻出，

上升到人间的西方。

西方的诗人道，

生命诚可贵，

爱情价更高。

这爱情并非人本的性情爱好，

所谓非恩、非癖、非投缘，

乃是高出功名利禄、门第族类的纯情，

它至高无上，神圣不可侵犯，

据说它反了封建，反了资本，还反了低级趣味，

成为一种百毒不侵的金刚利器。

它不允许怜悯，不允许恩待，不允许玩赏，

它要在人为的平等基础上互尊，

它要求相爱的人忠贞无瑕，

哪怕海枯石烂也不移不渝。

那追求爱情的人声称，

这样东西得着了，

生命才有意义，

灵魂才能得救。

人间的女人极信这样东西，

宁可舍掉生命，

也不可没有爱情。

因此，那地狱中的女鬼，

多半是因爱情而屈死的。

那时候，人间西方的爱情刚刚传到东方，

男人女人亦步亦趋，

纵恩爱无限，亦不得要领。

"恩爱，那是主子对奴隶，

感恩，那是奴隶对主子。"

那些读了洋书、在爱情的路上前进又前进的前锐

作家说。

于是，怜香惜玉受到了嗤鄙，

因为那是可怜，并不是真爱；

于是，钦慕恋羡也被讥笑，

因为那是崇拜，也并不是真爱；

于是，鱼水之欢也遭到抵制，

因为那是低俗的肉欲，也并不是高等级的真爱。

（【"你仅仅是因为我漂亮才要我吗？

你并不爱我，你是醉心于我的肉体。"

她头也不回，便遁入玫瑰花丛中远去。】

138

王胜的批注中如是写道，

"大凡那时前进的作家写小说都有这番情节。"）

仿佛不吃，不喝，不媾，不亵，才是爱情，

男女仅仅相拥，亲吻，抚摸，腿臀间蜻蜓点水才

是高洁。

人们一时不知所措，

左也不是，右也出矩。

爱情成了一具水晶棺椁，

真空无尘，丝毫不可染上生活的泥浆。

凡给了好处的，乃至交换了所得的，

都必在爱情的门前仆毙。

爱情好似教规森严的法门，

非要断了六根方得正果。

然而，东方的民人是要托物言志的，

他们投我以木瓜，报之以琼琚，

虽非为报，亦为相好。

相好是要有见证的，

你给我多少，那很重要，

是不是你的全部？

是不是你诚心所寄？

你舍了全部，

哪怕借来、偷来、抢来都是为了讨好我，

这才是喜欢，

才是对我真好。

东方的女子曾经是这样检验相好的。

（相好据说也不是爱情

——王胜进一步加注道。）

那什么是爱情呢？

究竟什么是爱情呢？

（倘真有爱情，

那是天给的礼物，

罪身之人是难以做成的，

也不配得到的。

即便相好，也并不能永久，

因你罪孽深重，

难以自持，难以自持啊！）

东方的民人是要油烟的，

没有柴火，没有膏油，

为什么要活在世上？

既无淫中欢快，亦去掉五谷口欲，

那些血肉之躯的女子，

她们拿什么续命呢？

（淫之一字，本义为过度。

你们在床上睡一睡，

肌肤轻触即分，

不过度如何到得高潮？）

这便到了地狱，

宁死不屈地到了地狱！

可怜那些入了爱教的善女子，

她们不进封建礼教之门，

却反身入了红尘滚滚之门。

这西来的红尘，

在她们眼中，

有红无尘。

红，就是这样，

层层，隆隆，滚滚来到地狱深处，

浸入到玉玦的肌理。

这第二层叫作脸面，

在人间的东方根深蒂固。

那最早的夏人崇尚忠，

所谓尽心，由着心引领，

但当心中充满圣灵时，

人与上帝同在。

那稍后来到的商人崇尚质，

传说他们是谋略经商的一族，

诸等事物都算出贵贱等级，

以至于算出天国的重价。

这之后的周人崇尚文，

文的本义是花纹，

那是天道的呈现，

曾经繁荣的结果，

他们丢了内里，迷恋表象，

偏离了天道却醉心于礼制，

这就好比认不得天神的真身，

只认得祂的外衣。

一件外衣，

缝缝补补几千年，

你贴一层，我加一道，

芳缛丽饰，名目繁多，

重重地遮蔽了真理，

也遮蔽了天性。

人活在人订的规矩里，

以人道覆盖天道，

宣称替天行道。

"饿死事小，失节事大。"

他们如是谆谆教导后代，

宁愿舍弃性命，

也要保全脸面。

然而，什么能够换来生命呢？

人若没了生命，还有别的什么呢？

他们是世上最聪明的百姓，

他们是人间最勤劳的黎民，

他们耕读于从昆仑山到东大海的广阔山林间，

他们创造的文明和财富几世几百世都用不尽，

然而他们将这一切去换一个名声，

功垂千秋，流芳万年，

这就是他们倾毕生精力要追求的目标，

只为听那死后听不到的美名传扬。

一个老人，

在垂暮之年的病榻上千叮咛万嘱咐，

要后代立碑，建祠，造牌坊，

将他如履薄冰精心呵护的脸面放大，放大……

可是，有谁会记得你呢？

记得你死的脸面又如何呢？

一张脸面，薄如蝉翼，

一阵风就把它戳破了，

更何况食五谷的血肉之躯塞满了糟粕！

每一点脏都会污损它，

一口痰，一滴脓，

嫉妒，偷窃，欺诈，贪婪，

难道你从来没有过吗？

或者正是这些罪过令你不安，

你织补这张单薄的脸面来盖一盖。

人不思悔过，妄想遮盖，

自欺欺人，以求心安理得吗？

呵！西方的坚船利炮来了，

哪里用得着这样的火力？

实在一根细细的针就可以戳破这张脸面！

当这张古老而悠久的脸面被戳破时，

他们又转而寻求西洋的脸面，

德先生的，赛先生的，

法逊先生的，费罗色菲先生的，

还是脸面，只是脸面，

始终并没有学来他人的本领。

这残破的旧的脸面和肤浅的新的脸面交织在一道，

成为不伦不类的花狸猫鬼脸。

鬼脸，

是白色的，

尽管改了样子，

终究须是白色的，白白净净，

为着四处叫人说光鲜，说好看。

脸面是没有生命的，

自然归属在地狱之界。

地狱啊，并不是活着的人们想象的恐怖样子，

地狱的恐怖，是尘埃不染的空净，

净得无远无近，

净得无往无来，

净得无声无息。

一生的罪过，

因饥渴，因成长而膨胀，

难道寄托这脸面可以得赎吗？

脸面是一张钞票，

你们将毕生的努力寄存其上，

天堂的银行竟然拒收拒兑！

你白白辛苦了，

反而还落得欠账。

你明明强盛非常，

怎就始终落后挨打？

你百思不得其解。

你不晓得这是冥府吃香的财富，

在那里你分秒间收兑现金。

看哪！多么美丽的地狱风景，

真的干净，

白皑皑完胜霜雪！

白，就是这样，

点点，滴滴，雨幕般下垂到地狱，

将玉玦的表面蒙裹。

这第三层叫作势利，

在人间的东方和西方，

人皆趋就，纷纷拜倒，

强者拥而骄纵，

弱者附而迷陷。

权势与财利，

紧紧交织在一道，

权以牟利，利以揽权。

人们崇势利为上帝，

以为得了这样东西便不可一世。

那强的，

不晓得其力、其智、其貌皆得自于上天，

硬着颈项，试与天公争高低；

那弱的，

看见强的恣意横行，为所欲为，

以为投了他便有不倒的靠山，得保无虞。

人在地上蓄势蓄利，

堆得比山还高，

藏得比海还深，

日积月累，

渐渐忘记凡世上的事物皆要毁坏，

三十年风水轮流转，

没有牢靠的势利可以长存。

那恺撒曾经势焰熏天，

他倒了；

那日不落帝国宣称大光明，

如今已然日薄西山。

那美貌的衰朽了，

那富可敌国的落魄了，

那誉满天下的红了、紫了又黑了，

那盈满的亏欠了，

那结果的坠落了。

祂在这里兴旺一族，

又在那里翦灭一群。

倘有势利的强盛，

哪一点哪一处不是来自于祂？

你看不见神天的高耸无际，

却要称人间的枭雄为父，

屈从有限的人有祸了！

人依力而存命，

乃是出自软弱，

既知软弱，

何不依靠那最大的势利？

那国度、权柄、荣耀，

都是出自哪里？

雨是你下的吗？

日光是你照的吗？

草木和禽兽是你生养的吗？

地腹中的煤和油是你先前蕴藏的吗？

人禀天赋而强出一头的，

强惯了竟不记源出，

全不想顺通畅达之境遇来自命定的恩典，

挥霍强势，得意忘形，

草菅人命，作威作福。

高出一头的，你高得过大山吗？

亮出身形的，你亮得过日月吗？

而那矮的和暗的，

又为什么看不见大山与日月呢？

只与眼前的高矮明暗论贵贱呢？

祂预备的世道本是公平的，

又是尊卑有序的，

在这处矮的，在那处必有高出的。

然而人，由着一时的有限自作主张，

此时此处短缺的丢了彼时彼处的富足，

舍己之贵而羡人之长，

求之不得于是甘伏人下。

势利啊，强者趁热，

而弱者怂恿，

推而趋附，

必令强者更强。

那至势至利的光明从天而下，

你曲折了，更改了，

不甘以祂的预算垂照，

从此人间便生出黑暗来。

因此，势利的颜色是黑的，

黑沉沉无底。

本是重重交互，错落有致，

此间如是起伏，彼处那样纵横，

你非要按着你的心意拉直了，

这样看去，

一山定比一山高，

万人之上，一人之下，

一人为王，更有万王之皇。

那顺从命运的有福了，

因为祂的安排中总藏着大福气，

你终将出头，乃至获得永生。

那抗拒命运的有祸了，

因为祂的安排中必有大惩罚，

你先就强出一头，不知后来要悲苦低头。

强的抗拒命运，

弱的将命运交给强的去铺排，

做着虚妄轻飘的美梦，

难道弱的不也是抗拒命运吗？

一切抗拒命运的都逆光而行，

逆光而黑，大黑暗！

黑，就是这样，

曲曲，折折，以至于全然悖逆着光照来到地狱，

丝缕成荫，沉淀进玉玦的骨髓。

红的，白的，黑的，

爱情，脸面，势利，

三重难解的毒素将玉玦闭塞。

第十五首　石页在西方

地狱的西方有大城，

叫作西京，

对应着地上东方的大城，

那叫作东京的大都市。

东京的冤鬼并不能从本地的墓穴中来到地狱，

一切恨的、屈的、怨愤的鬼都走摩尔曼斯克州的科拉深井，

那是通向地狱唯一的大门。

各地的恶鬼从科拉深井下来，

按照地上的户籍分流四处。
原先西方的归东方，
原先东方的归西方。

石页既被逐出巴黎城，
便一路去往极远处的西方。
西方的鬼众在国门边境上夹道欢迎他，
将东方的囚徒当作大英雄，
称其"斗士"、"文侠"、"思想的明灯"。
他如今是一盏灯了，
"一灯能灭千年暗"，
地上的人们这么说。
而地狱中一切都是相反的，
那么，所谓一灯便是一暗了。
"一暗能灭千年灯"，
他是极暗的暗。
当西京的鬼魂看见有乌鸦飞来，
那就是石页在思考了；
而当他站在西京的广场上演讲时，
群鸦掠过万众的头顶，
黑压压，密密匝匝将整座城市覆盖了。

这只乌鸦，

成为地狱西方冥王的座上客。

西冥王听说了玉玦的事，

向他讨教如何击败东方强国的策略。

石页寻来了侯中强，

他本是东方西京的鬼，

因得了钱财，

此时正隐居在城中下关车站旁。

西冥王出了十倍于雅克布的冥币，

让侯中强重出江湖。

侯中强对冥王说：

"那样的玉玦怕是没有了，

我听说这玉玦在玉杯玉盘之前曾是一方玉玺，

地上的人谁得此便可掌权。

如今只能寻好玉复制一件了。

大凡是玉，应该都有同样威力。"

石页对西冥王说：

"这便大好。

用新玉仿造古玉的形制，

实在众神的样子也复制了。

我们想有多少玉玦就有多少玉玦，

抛置在巴黎四处，

地铁里，车站上，

学校，住宅区，甚至皇宫的草坪，

到那时，

众神听见冥界的哭声定然纷纷拥出，

鬼泪趁虚而入玉体，

又占掉神灵的位置，

那么多拥出的神灵必无位可归，

不复入玉，

他们飘飘散散，

终将化为雨雪，

生出四季，

令霾层破洞。

倘沿着克塞特斯河上游抛置，

悲河的泪啊，

顿时会呼出神灵万众。

巴黎啊，

将永无宁日，

全城上空的阴霾将被驱散，

那些东方鬼众就再无栖身之地。"

"这真是一个周详的计划，"

西冥王说，

"那么，侯中强，

朕将派遣十二个卫队护送你，

随你浮出科拉深井的地门，

另再推送足够的霾气尾随，

好叫你们在地上时时得着阴霾裹护。

事不宜迟，你速速去吧！"

侯中强来到地上东方的蚌埠，

那里有成条成条的街道是高仿古玉的工场。

人们用酸腐蚀玉表，

用碱伪造钙化吐灰；

还制作了琢碾的水凳，

甚至用青铜刀蘸着解玉砂刻画，

以此来复原千年前的做工；

抛光打磨用的是兽皮和竹片，

为了使人看不出细处的痕迹；

也有在玉料上涂抹蛤蟆油的，

令玉性软化，好吃刀镂线，

做一种"游丝毛雕"的工艺。

这些手法都用来瞒天过海，

用来制造赝品。

那滚滚的阴霾从俄国的土地上过来，

穿过乌拉尔山的隘口，

越过贝加尔湖上空，

抵达海拉尔边境，

走山海关，

到北京，

下沧州，

直袭泰山，

连泰山石敢当都没有拦住它们，

又一直往南，

顺着铁路线逼近蚌埠。

那蚌埠的居民在夜里熟睡，

并不知道十二支地狱世界的鬼队已经悄然入城，

但当晨起时，

满城晦暗，

伸手不见五指，

空气被紧压到膝下，

人们难以呼吸。

那本来心肺有病的，

此时已然奄奄一息；

那本来健康的，

突然咳喘不止；

唯有制造赝品的，

吸了霾气反倒清爽。

众鬼将自己的骷髅扔下在城外的树林，

魂灵纷纷依附在虚弱人的身体里，

借着人的身形混迹城中。

那几个城中著名的造假高手接到大批订单，

要求在规定期限内做出十万枚玉环。

一时间，

从昆仑山往东土的列车来不及运输玉料，

河中的水玉采尽了，

大型挖掘机掘地数十尺都不复寻见玉籽，

山中的玉脉也截断了，

烈性炸药将西土一角炸得山崩地裂。

西域的玉料用光了，

不得已将不里牙惕的玉也运来，

高丽的，台湾的，迪拜的，北极育空的玉也接踵

来到中原。

连续几个月，

江河北面直到长城的上空阴霾不散。

这样的情形直到众鬼得着玉环离去才终止。

又过一年，

地狱西冥王再次派出寻玉的鬼魂来，

阴霾随之复现如故。

如是一连几年，

鬼至则霾起，

鬼去则霾散，

起风时节，

这霾毒甚至蔓延到上海、汉城和东京。

大批玉环下到地狱西京后，

被西冥王的鬼兵带到东方边境。

在那里，

鬼兵用金刚刀切开玉环，

每环皆割一缺，

成了玉玦，

然后鬼中的奸细们将玉玦携至巴黎城，

抛置在预定的各个地点，

玉中神灵闻哭便随缺口而出。

克塞特斯河里与河岸，

随处都散落着玉玦，

巴黎街头时常神鬼相遇，

鬼哭神抚，

地狱中的怨愤一日比一日少，

东方的鬼众由此便散去一半，

纷纷回归地上各自的墓穴；

整个巴黎城再也不是往昔的模样，

随着出玉的神灵化霜化雪，

四季逐渐分明，

霾层愈来愈薄，

直至开了一个大洞，
日光直直地照射进来。

地狱的巴黎城眼看将要毁灭了，
东方的冥王与嫔妃们不得不移出爱丽舍宫，
转到东郊密西德森林大司寇的官邸中去住。

第十六首　储安乐之死

本就是地狱中的鬼，
已然死得透透的，
如何还会再死呢？

事情来龙去脉是这样的：

有密探来报，
说尽西冥王诸等计策，
巴黎城的大王这才醒悟，
原是叫流放的石页铺排暗算了。

王室既搬到密西德森林，

君臣的不安便将储安乐团团紧裹。

储安乐与圣断魂女伯爵商量，

谓这般国难当头，该如何是好。

圣断魂道：

"此难有三：

一乃西国奸细来扰，

二乃玉玦埋设城中，众神闻哭而出，

三乃霾层破洞，光泄千里。

妾揣拙计三条：

不如先差嘉彬王往边境搜查奸细，

以堵后患；

又建几座大厂，

多造硅胶，

迨造成后，

将硅胶铺设城中街道、广场并悲河两岸，

胶可填塞玉玦缺口，

索性铺满各处，

将西国散投之玉凝结掩埋，

以防百密一疏；

另妾闻地上曾有天破地倾之事，

女娲以玉补天，

此间地狱之顶非玉体之质，

乃是阴霾密织，

倘织霾以补，

或有救。"

储安乐道：

"妾计甚佳，

只是如何织霾补天？

到哪里去招得滚滚霾云？"

"悲声属金，

火能铄金。

转悲为恨，

怨气上升必能化为阴霾。

现如今，

只有将一整条悲河的泪煮沸，

泪水蒸发，方可补霾。"

圣断魂道。

"如何将悲河烧干？"

"我曾见凸镜聚光可燃。

倘造大凸镜置于广场之上，

令日光折射向河，

河或可沸。"

于是，储安乐命工匠造大凸镜，
厚十丈，径三里，
悬空荣军院阔庭上，
轴转镜身，随阳而移，
可终日聚光，折射于河面。

河受光照，滚滚沸腾。
克塞特斯河的眼泪化为蒸汽，
悲伤由此化为怨愤，
忿气升腾，积久成霾。
历三月又二十五日，
河干见底，漏洞渐弥，
地狱东方的巴黎上空霾云密布，
比早先前更浓，更厚，更阴沉。

按圣断魂三计行事，
果然奸细不入，
玉玦深埋，
再无众神出来抚哭，
地狱东方巴黎复归死寂。

冥王与嫔妃迁回爱丽舍宫和夏宫，

密西德森林不再喧闹。

东方经此一劫，

大司寇与女伯爵力挽狂澜，

深得朝野官民钦佩。

众口同赞：

"伉俪同心，业类补天，

殚精竭虑，国之楷模。"

越十年，

地狱东方卧薪尝胆，渐聚实力，

与地狱西方于忘川交战，

大败西军，

擒西冥王宗宰与石页而归。

放西冥王于火河边，

令火焰之光热日夜煎熬之；

驱王室宗亲往冰河做苦役；

又沉石页于克塞特斯河底，

以精铁大索缠缚，

使永不出水，永不得赦。

（霾洞弥合后，

克塞特斯河攒鬼泪日久复盈。

——王胜注。）

至此，西国臣服于东方巴黎，

大司寇立西冥王之侄为傀儡君。

此时，朝中有大僚复议旧案，

谓嘉彬王曾私结猫耳王党，

国破之灾皆出其党徒石页叛逆，

力主削其爵位并处流刑。

储安乐夫妇力排众议，

称嘉彬王守边境捉奸细有功，

不可不察，不可不思。

如是便保全了王叔一族，

令嘉彬王感激涕零。

东方巴黎众鬼唯钦服储安乐夫妇，

朝中异议者虽与冥王有间然与夫妇二人无间，

嘉彬王于夫妇感恩戴德，

西方新君于夫妇心悦诚服，

西方鬼民但闻夫妇名竟不知有冥王，

云英接二连三脱胎，簇拥四境，

从普鲁旺斯直到岛国的根室驿，

霾云缜致，密不透风，

各处尸肉供应充足，

街上再无晃荡着空骨架的饿鬼。

一日，发生了一件奇事，

大司寇从夏宫回邸后，

躺在他的摇椅上瞌睡，

醒来后发现膝盖下胫骨熠熠生光，

既无皮肉，亦非骨质，

整条右腿下组织成了透光的晶体。

这晶体生长很快，

一日一寸，

有时甚至一日一尺。

凡生出晶体的部位再也不能移动，

凡晶体内部断然无一丝杂质。

过了三天，

他已不能坐立行走；

过了五六天，

他已不能屈伸躺卧；

又过了一旬，

他只好由侍卫搬出来，

像一件摆设一样放在案前。

然而，即便如此，

万众敬爱的储安乐大司寇也并未停止工作，

哪怕此时他只剩下胸以上小半截骨肉。

他给冥王口授一封信：

"尊敬的万寿无疆的陛下，

老臣固然老得不能动了。

近日来贱身化晶，

并日益缩小，

您派来的医生将国中最好的医药用来克服这种
病变，

然而毫无收效。

今晨称体重，

护士说只有 6573.29 克。

臣时时念君不忘，

臣刻刻心系黎民，

或不日将全身晶化，

但等那日到来不得已而止歇。

今乱党已灭，西国已伏，

四方万众安居乐业，

举境太平，盛世将至。

臣唯有一事放心不下，

十三太子跋扈，

望陛下以二太子掣肘，

族中有事勿忘垂询嘉彬王，

二太子清明有智，

嘉彬王有愧负疚，

此二者日后必忠心耿耿，
合而佐君，利可断金。"

又与圣断魂私语：
"万无一失，
万无一失，
这是做不到的啊！
我时日不多了，
倘之后我不在了，
你的日子并不好过。"

"君所虑，妾深知。
你不是忧虑有谁害我，
你是怕我活口尚在，
虽结为夫妻，亦有难测之变。
我不如去到地上墓穴，
断了与冥府往来，
你好彻底放心。"

"你如何去得地上？"

"我将玦口硅胶去了，
哭唤一个大神出来，

由他抚我苦痛，

随他返回地上。"

"你在地上可有墓穴?"

"在奥可镇教堂墓地，

在波罗的海岸边，

我母亲有一穴墓位。

我是跳海死的，

没人寻到我的尸体，

我带着肉身直接来到克塞特斯河，

在那里遇见了雅克布。"

"那你如何安身?"

"我可入我母亲墓穴寻安。"

"这便好。

你去时将这玉玦也带去吧，

此于我已无用，

休叫这里别的鬼再得着。"

他们看着这玉玦，

玉玦骨瘦嶙峋，

已不盈一握，

填缺的硅胶突露出来，

玉体萎缩下去，

有一处看着快要蚀断了。

这哪是原先莹润欲滴、令人不忍的样子！

这简直就是一环锈迹斑斑的烂石！

是你吃尽玉肉吗？

大司寇，德高望重、高山仰止的大司寇？

是你吸干玉精吗？

储安乐，风光无限、景行行止的储安乐？

储安乐安排完这件事，

已然只剩下一只眼睛还在动。

守护他的侍卫进来看见那只眼睛转了三下，

便知道他要见嘉彬王，

因嘉彬王在王族排行老三，

巴黎城的鬼民私底下也称他为"阿三叔"。

嘉彬王来了，

大司寇此刻已缩得只有碗盏大小，

立在桌子上，

唯一只眼睛对着他笑。

嘉彬王捧起大司寇的晶体，说：

"这样的圣者竟要去了，

这样的圣者竟要去了！

不是说地狱是死界吗？

死了怎会还要死？

这死中之死究竟要去向何处？"

嘉彬王紧紧抱着大司寇的晶体不放，

不禁恨从中来，

（是的，鬼是没有悲伤的，

倘不摘下脸面，

只有愤恨，

去到地狱的鬼只有愤恨。

人间以悲伤悼亡，

地狱以仇恨痛逝。

——王胜注。）

他恨得不能自己，

竟横生逆气而噎，

仆倒不起，一直打滚。

储安乐全然晶化了，

这就意味着他死了又死。

这在地狱是第一次，

从来没有鬼这么死去。

从东方边界一直到西方大海之滨，

四境的鬼民沸腾了，

如同王叔嘉彬一样横生逆气，

仆倒打滚，

滚了七七四十九天，

一时间地狱中浓尘上扬，

灰褐的霾云结为乌黑的油漆。

冥王御书：

"肝脑涂地，死而不已。"

死而不已？

储安乐的功德死了还不停止吗？

事情果然是这样的。

这一年，

脱胎的云英一直蔓延到科拉深井的井口，

滚滚如潮，

向地上人间的摩尔曼斯克州涌去。

理化专家看过大司寇的晶体，

共同作出结论：

"净度：FL 级，机器无瑕；

色度：超白 D 级；

形状：完美三 E；

紫外光照射：无荧光。"

（人间喜好钻石的人们啊，

千万不要选购 FL 内部外表皆无瑕的钻石，

那纯净完美至此的，

必是怨鬼中死了又死的晶化之体！

——王胜注。）

中篇　人间行

第一首 不里牙惕的歌谣
阿伦的衣裳被拔耳盗了

山里的大水冲到谷地，
那是天赐的雨要聚水成池。
上天的旨意是借着水草引领子民，
于是活物依着拜哈勒湖繁衍生息。

那日拔耳将猎物收齐，
要往湖边去寻捕鱼的人儿交易，
走出林子时看见有人在湖中嬉水，
原是七个不知羞的幼妇光着身体。

她们的美衣挂在林中树梢，
拔耳拣了其中一件青色的揣进怀里。
幼妇出浴着衣，化作天鹅，
朝着云中的霞光腾空飞起。

剩下那寻不见衣衫的女儿，
七女中她最小最惹人怜惜。

她失去衣裳无法变回原先的模样，
只好孤零零立在黄昏的岸边哭泣。

拔耳走来用言语安慰她，
说尽好话，讨她欢喜。
这便领她到林中的木屋，
女儿心中愉悦舍不得分离。

她的名字叫作阿伦，
是天上神鸟一族的血裔。
地上的食物养不活她，
她的飨品乃是天上所出的膏脂。

阿伦领着拔耳往拜哈勒湖东岸去，
走了七日七夜，走到树林边际。
那里在平地上有玉脉隆起，
蜿蜒崎岖，好比苍龙之脊。

阿伦说，这就是她每日米粮，
上帝与众天使都餐玉为食；
玉乃神飨，玉亦苍天神体，
玉于天地间如人之脑脊张布有致。
天下万千世界中，玉须密布，

须毫触及之处，必受天命辖制。

天肌天肪，一头连着人心，

另一头连着神天意志。

人心呼应天心，

人佩玉在身可抵御灾逆；

神，食玉不坏不死，

人，得玉不偏不倚。

拜哈勒湖的玉是苍黄的，

与天穹的颜色一致。

玉入阿伦之口，

软化如饴，

阿伦得着血气，

遂与拔耳接欢合体。

来年生下男孩儿，

为他取名叫不里牙，

意思是"种子"，神与人的种子，

日后人便将不里牙的后代叫作不里牙惕。

阿伦在人间七百年，

最后在大鲜卑山羽化造极。

那日她取出拔耳藏起的青衫，

就是她当初在拜哈勒湖洗浴时脱下的那袭。

她穿上美衣，朝着她姐姐飞去的方向展翅，
前往拜哈勒湖的湖面，从大鲜卑山一直向西，
云层顿时开了，
水中升起虹霓。

阿伦始终身形不衰，
从不里牙惕到他的儿子的儿子，
子孙繁衍几十代，
阿伦依旧青春娇逸。
拔耳七十岁离世，
此后她做了族中的祭司，
她因喜爱拔耳而喜爱他的后裔，
庇护他们，为他们向上天祝祈。

女祭司得玉滋养，
体似游龙，面若桃李。
她曾经媚抚拔耳，
如今讨好神祇。
倘没有媚态，
怎得情人与造化之神欢喜？
在阿伦之后，
人间巫祝的模样都姣好无比，
先要有美貌美姿，

才好弄玉献祭。

祭祀啊，

那是一桩欢乐的美事，

最美的女子与上帝的美事，

凡人看不到，也不可窥视，

就好比孩儿与父母要隔着帘子。

谁叫你长得丑？

谁又叫你长得美丽？

都是神天预先的安排，

那美丽的必有特殊的恩宠和良机。

认命的人有福了！

因为你由着造化引领必得福气。

那抗命挣扎的人有祸了！

因为你靠着自己必无援孤立。

大美之人与造化之间有秘密，

你相貌平平之辈如何猜得到根底？

你自有你起初得到的好处，

你为何贪羡那不属于你的而将本钱遗弃？

第六百年的时候，

拜哈勒湖水面降低，

水中的大鱼浮水而亡，

林中的草木缺水枯死。

不里牙惕的往日光景不再，

似乎一夜之间丢了好运气。

阿伦在梦中得到启示，

上天要赐族人别处丰美之地。

阿伦领着子民往东方去，

那颈项强硬的不欲随徙。

留下的人们从此失去了祭司，

只好寻占卜的珊蛮烧骨断凶吉。

玉的机密于是随着东去的族人远逝，

拜哈勒湖的留守者陷入了黑暗世纪。

那持玉的人有福了，

繁盛祥和常与他们在一起。

在东方的新地有大鲜卑山，

造化为他们安排下甘醇的果子。

阿伦又得着神天默启，

教她从稗草中培育出谷米。

故地的民人依旧自称不里牙惕，

新地的百姓叫作犀比。

犀比是一条苍龙，

上帝遣它在林中开路，不叫百姓迷失。

后人将犀比口传成鲜卑，

鲜卑原是苍龙引至。

为此他们被称作龙的族人，

又因阿伦的血裔也敬凤鸟之仪。

上天又在鲜卑之地将玉筋显现出来，

河中与山中新的矿脉任由他们采集。

龙凤的样子于是被流传下来，

刻在玉上成为龙玦凤琪。

又有玉鸮、玉龟和玉蚕，

都做成神天喜欢的样子用以祝祈。

他们沿着东方的低地，

由北向南下移；

他们的子孙多如星辰，

遍布大鲜卑山到南大海之堤。

他们本是按着玉脉伸展的路径繁衍，

凡玉所到之处必有他们的踪迹。

这依玉而生的族人有福了，

他们得着的宠爱远胜异族人的收益。

谁能晓得地上的人触玉即登天？

谁能参透这玉中深秘？

天地原本并没有分开得那么远，

怀玉之人须臾不离天体。

阿伦的子民啊，

在世即在天堂里。

第二首　牧羊人的歌谣
　　　　释比的经书被羊吃了

哪里是我地上的故土？

我究竟发源于何处？

我们早先前是有经书的，

因释比瞌睡时叫羊吃下了肚。

（释比，犹太人呼为拉比，先知的意思。

——王胜注。）

神事于是记不起来了，

而人事也依稀难忆，模模糊糊。

释比杀掉那吃了经书的羊，

将羊皮做成一面鼓。

击鼓，击鼓，

鼓音中是否回荡天神的嘱咐？

击鼓，击鼓，

果真听见了祖先的脚步！

我们原本在北方牧羊，

与那狩猎的林中百姓同血同族。

林中的禽兽被猎光了，

猎人追逐着猎物一直追到东部。

牧羊的人儿，随着水草而居，

北方的草儿吃光了就往南方去住。

都是千年前的往事了，

或者更早一些，至今已然千古。

我们的敌人叫作塞人，

他们身大力壮，碧瞳皙肤。

在草原上我们打过一仗，

天神站在他们那边令他们胜出；

在大河狭长的谷地我们打过一仗，

他们骁勇善战似有神天相助；

最后来到西南的盆地又打一仗，

这次上天化作一位老人加入我们兵卒，

他教给我们用雪团掷敌，

每一个雪团掷出去竟硬过础石，

塞兵纷纷倒下，

这次他们全军败覆。

我们与他们结仇，

是因为他们盗我羊雏，

在他们的牙缝里，

释比寻见了细羊骨。

上帝两次站在他们那边，

本不是为了兴旺他族，

乃是为了让塞人将我们驱逐，

好逼迫我们来到中土。

这是祂为我们拣选的福地，

祂的神工要开凿一条新路。

那软雪化硬的础石原是玉籽，

初出如饴，入尘见风则坚固。

握玉的人，所向无敌，

玉养的人，得天庇护。

而败走的塞人分为两支，

一支据居大河深谷，

又有一支西去，

据居昆仑南麓。

谷地的塞人又叫作禺氏，

他们掌管的山川间时有美玉见出；

那去到昆仑的部族脚下也有玉种，

他们分散为多国，以绿洲为埠。

上帝叫仇人的住地多生美玉，

又叫他们与我们经商交互。

184

这里面藏着莫大的仁爱，

是要令人知晓各自的不足。

一次是逼迫，

另一次是分我所爱之物。

造化之手时时拨弄，

祂开启我们黯昧的盲目。

我们曾经从西地出来，

经行北地下走东方的西北路。

我们赶着羊群食羊谋生，

如今获赐得了丰腴的田土。

从西北的高山下到丘陵山地，

从丘陵山地远望平野的林木。

那里居住着大鲜卑山来的百姓，

难道他们就是那一路追着禽兽而来的猎户？

他们手里握着东方的苍黄之玉，

我们身上佩戴着西方的洁白玉琥。

真的直如圣人所言，

青在东，白在西，五行各有归属？

东方的百姓与西来的牧羊人，

上天择了不同的路径令归于一处。

我们本是同出一源的北地来者，

我们相遇的时候竟难识彼此面目！

从北地分为东路和西路而来的民人，
终于在大江与大河间驻足。
他们佩玉而与天同在，
因为玉乃天伸到地里的筋骨。
有谁能够脚踩大地又居于云端？
在世也在天堂的人们蒙受特别的眷顾。
得玉的人们离了故地，
抛下未得玉的族人散居四处。
他们叫这江河间的新地为中国，
因四方的路在这里相遇相触。
中国，玉庇之国，
玉荫下得尽人间好处。

西来的叫作夏人，
夏字上为头面，下为手足；
东来的叫作商人，
商字的意思是度量谋图。
诸夏中最美的，叫作华夏，
意思是人中之精华，之英武。
先是五百年华夏统领万邦，
再是六百年由商人做主，

之后又有八百年华夏复出，
将夏商各部熔为一炉。
新的王朝叫作周，
意思是完备、周全、密而不疏。
那时候，夏人是各路诸侯，
商人在诸侯的公田上做奴。
一个做主的父，百个做奴的母，
夏商便是这般周密交织为一股。
从此，头面手足俱全的人，
肚里揣着聪慧和智数。

一个嬴姓的北地诸侯灭了众王，
中原万邦万方归于一统国度。
又过了十四年，
刘姓的夺了嬴姓的皇土，
那新的国度叫作汉，
自此"汉人"成为国人称呼。

天拣何姓为君，
皆因玉之缘故。
楚地厉王之时，
荆山忽出玉璞，
玉归谁家，谁承天命，

此璞经楚归秦又入汉家府库。

牧羊人的歌至此唱绝，
往后之事不复有歌但见于史书。
口口相传的，多有偏差，
此偏彼差却指向中正不误。
那写下来的真的无疑可信？
水土改了话音，战火毁了文牍。
弦歌之情难久，书诗之志不长，
唯天赐玉律将信约牢牢匡护。

第三首　玉国　玉人　玉字

天浆灌于山川，
天肉天骨伸入地腹，
这便是玉的来历。
风尘蒙裹玉脉，
于是成为大地。
大地原本是洁净无尘埃的，
尘埃依附着洁净的玉日久积厚。
造化又取尘埃造人，

人不过是宇宙间的灰尘。

灰尘离了天体玉须便飘零，
无玉的人没有归宿。

天与地是连在一起的，
没有天哪有地？
没有地哪有人？

祂将天地人的秘密昭示给一群人，
这群人从北到南，从东到西聚集起来，
不以族血，不以言语，但以玉信而立国。
用玉以信上帝，以听天音，
受玉荫庇而抵御不祥，
佩玉抚玉而疗冤疾。
玉，成为这国的魂灵，
成为这国的国界，
成为这国的国本。

玉国之人也是天国之人，
祂赐玉给他们保守这国，
这是怎样的恩典呢？
恩典的意思，便是大赦，

赦免灰尘的不净和游移。
人的罪是被赦免的，
赦免意味着罪已然坐实，
赦免并不意味着无罪。
玉国中玉人之罪大过他人，
这见证了玉国之福也大过他国。
然而，这并不等于全赦，
大赦的人亦等待那全赦的福恩。

全赦的福恩何时降临玉人？
难道先得宠的必要后得全胜吗？
祂是公正、良善和美丽的源头，
祂以玉保守这国，
必有更深的意图。

他们给每个女子取了玉的名，
玲，珑，珍，瑰，瑶，琪，玮，珞，珉，琳，璇，
琰……
他们将美妇珍藏在家里，
整座房子就好像一张大床，
削其芳足，令其一步三摇，
整日于床帷间缱绻，
伏卧勾缠，飘若行云；

与行云在一起的日子，

想一想都轻逸起来！

他们忽云忽雨，

在人间做尽天上的事情，

天上的事情啊，就是玉中的事情！

他们将偷女人叫作偷香窃玉，

他们将男人醉倒叫作醉玉颓山；

君命所谓金口玉言，

诗章佳句所谓涎玉沫珠；

生，叫作玉燕投怀，

死，叫作香消玉殒；

圣人，被褐怀玉，

贵人，钟鼓馔玉；

爱则玉汝于成，

恨则玉石同烬。

一切的情感都寄托在玉中，

一切的良愿都以玉为则。

玉格就是人格之典范，

玉品就是人品之顶端。

以玉为师，

为万事万物的依据。

他们刻玉为龙，为凤，

为各样瑞兽以及心愿中之物，

状神神在，寄愿愿偿。

凤是飞翔的，

龙是舞旋的，

天圆环周，

地角四方，

大羊之形为美，

舒卷之线喻云，

又作蒲纹，谷纹，雷电纹，

又画吉凶指示诸样记符。

凡琢玉成器皆视为玉，

玉乃玉，玉器之象亦为玉。

久则摹器形于龟甲上，

于金鼎上，

于竹简、丝帛上。

玉器的图案就是玉本身，

仿佛图案也获得玉的神力，

拿此等图案祈福，祝祷，驱魔，交通天地人，

所谓契刻以约，

天与人约，

人与人约，

人与神鬼万物约。

文与字就是这样诞生的！

文如图，但并非象形，

状所见之物神气，

寄所想之事愿心，

似形而高于形，

玉先听见了，承托了，

然后成文，

然后才有人信。

由文衍生出来的群象叫作字，

字的依据是文，

文的依据是玉。

文与字，

由玉做中保而为人笃信。

玉国玉人，契字为约，

所以叫作玉字。

天下唯玉国之人有字，

有曾经托在玉上的契约，

有器形直指的意义。

见字即明义，

都是玉器规限、作保的义，

时空变迁断难曲解之义。

他族的人并没有这样神器，

他族的书写只拼读话音，

由话音去关联意义，

而音与义是强限的，

人与人由着时空变迁临时强限的。

天垂象示意，

人刻在玉上，

复摹于书上。

这才是文字！

文字守住最初的意义，

不叫意义随着话音流变。

那识字的人有福了，

他可借着字受到玉荫庇护；

那失去字的人困苦了，

他失去了最初的约诺而飘零，

沦为思想的流浪者。

如今看着字读出音，

由着音再寻义的人困苦了，

他们受着双重的困苦，

一重是仿若他族音义的困苦，

又一重是叫音隔绝了形义的困苦。

194

既不识形义，

又不会拼写记音，

背负着字形的空壳，

以形为音，

天下哪有这等蠢事？

玉国的人倘失了玉字，

就好比撕毁了契约，

你祖先的特殊恩宠不复临到你，

他族的便宜又要你支付双倍价钱，

你成为孤儿，

一群一群的孤儿，

纵拼尽全力，

终究一无所有，

甚至欠下新账，

被追讨一生。

第四首　天子与天女

那人称为"羊儿人"的羌人，

那牧羊人的后代，

自称为面目华美、手足齐全的夏人，

他们将东面的猎人征服，

又将西面的塞人赶跑到雪山上。

那工于心计、埋设陷阱的猎人，

人称有思有量的商量之人，

他们之后又将夏人征服，

建立一个商国。

败走的夏人复出夺回中原，

将夏商的民人合为一族，

之后牧羊人和猎人融为耕读之人，

这人自称为周人。

这时候远古的塞人在雪山四周蔓延，

分为西荒绿洲上的诸邦诸国。

统领众邦国的是一位女王，

她头戴玉胜，

豹尾虎齿，

披发跣足，

有美人的面貌，

有美兽的身躯；

她司掌天上的厉星与五残星，

主宰人的寿数与疾厄。

到了周的第五位王，名叫满，
后世称他为周穆王。
穆王五十岁登基，
执掌权柄又五十五年，
寿终时一百零五岁。
正如他的名字满，
他一生满满地收获，
功业，寿数，疆土和快乐。
他修治刑法，启用贤人，
又西征犬戎。
戎的意思是兵，
金戈之兵，
五行属金，
在西方。
犬戎便是西方狗国。

诸夏第四代君主名俊，
俊时宫中有妇人患耳疾，
医者自妇人耳中寻出一茧，
置于瓠瓢中，
覆以盘。

茧中虫瞬时伸张,

化为五色花纹犬,

故名盘瓠。

其时有叛军扰乱,

不可敌。

俊乃募天下有能者征伐,

诺,得贼首,

赠金千斤,

封邑万户,

又赐以少女。

盘瓠衔来一头,

至宫门外,

俊诊视,

果然贼首。

俊为此发愁,

群臣以为,

盘瓠乃畜,

不可为官,

更不可妻,

虽有功,不可施。

俊之少女闻此,

谓俊道:

"既将我许天下,

盘瓠衔首而来，

岂可食言？

此事断非狗之智，

唯天命使然。

倘惜女之微躯，

以负约天下，

上帝必降怒吾国。"

俊遂嫁女与犬。

犬负女入深山，

交而生六男六女，

斯为犬戎祖。

夏人如是说塞人起源：

他们只是一个茧，

堵塞了夏人的视听。

凡非玉之人皆为别种，

仿佛天下只有玉国和非玉国，

只有玉人和非玉人，

非玉即狗。

（我直疑惑，

塞人的祖先真的是狗吗？

罗慕路斯和雷慕斯正是由狼喂养的。

——王胜批。)

穆王听着这样的史志长大，
他领着玉国的兵卒要去与狗国征战。
狗国，在夏之后的商时，
又被称作鬼方。
非狗即鬼，
只是为什么上天将美玉交给狗交给鬼来看守？
狗和鬼们并不晓得美玉的秘密，
却晓得穆王的民人须臾不可离玉。

征犬戎一年，
获其五王，
又得四白鹿，四白狼。
因杀戮不息，木枯鸟死，
结果荒服不至。

这时候，
西极之国有化人来见，
能入水火，贯金石，移城邑，
推山逆川，腾云驾雾，变化多端。
穆王敬之若神，事之若君，
将宫殿让给他住，

每日杀三牲进贡，

又选女乐服侍他。

然而化人以为，

宫室卑陋不可住，

厨馔腥恶不可食，

嫔妃膻臭不可亲。

于是穆王为化人再造宫台，

倾府库所有，召天下能工，

令帑币无存，叫贤达无遗，

造成一处高台，

说是有半天之高，

名为中天台。

中天台上有宫阙，

琉璃的七彩柱子，

精金包裹的门楣，

香木的床榻上铺设真珠凉席；

又有郑卫之地拣选来的幼妇处子，

善琴歌，长舞蹈，

衣阿锡，设翠珥，

以四时花熏浴，

终日芳泽，裾裾而行。

虽美宫美人美食充盈其中，

化人犹不称心，

不得已垂临。

化人视穆王诚心至此，

道："不如随我去，

领你看我居所。"

穆王抓住化人衣角，

腾云而上，

止于半空，

云雨、雷电皆在其下，

见乌云中有亮闪，

方知人间有雷雨，

然见光而不闻其声。

化人说：

"这才是半天，

到真正的天上还有一半路程，

你那个中天，

在此不过高如一指。"

化人之所，

全宫构以金银，络以珠玉，

非地上所有。

穆王俯视下界，

见其宫不过累木泥丸，

叹己数十年所居，

不过一蚁穴而已。

化人又领穆王向别处去，

那地方，

仰不见日月，俯不见河海，

忽有音响传来，

穆王耳不能受，

百骸六藏，悸而不凝，

意迷精丧，请化人求还。

化人弹指，

穆王顿觉自己如一粒圆珠，

滚滚翻动，

就落了下来。

好像梦醒，

依然端坐王位，

酒未喝尽，菜肴未凉，

宫人侍卫逡巡如故。

穆王问左右：

"你们见我去了哪里？"

左右答：

"哪里也没去，

只见我主闭目沉静。"

穆王百思不得其解，

默然无语。

如是三月，

身心空茫，

久久不知所措。

复问化人，

化人道：

"你与我神游而已。

所谓神游，

乃魂魄出窍。"

穆王问：

"如何能神游?"

化人说：

"玉乃神道，

得玉者可纵意往返天地。

君固有玉，

只微屑如灰，

难筑天路。"

穆王于是想到西方诸国中有玉山，

又想到西国众王之王掌管寿数之星，

倘得群山之玉则可通天，

复得寿星照耀则魂健如钢，长命无恙，

穿梭天地间，再不为天音骇悸，

然此时击败犬戎不久，

外邦畏惧王威，不敢来贡，

遂心生和意，

愿与西方交好。

造父为王寻来八匹骏马，

那是上古的神马，有神系的血统，

放牧于潼关东南的桃林，

吃一种叫作龙刍的草，

一株龙刍化为一骑龙驹。

马生双翼，踏土不扬，

日可飞走千里，

羽禽难追。

王又命柏夭驾车，

率六师尾随。

先向北地去，

至阳纡山见河伯。

河伯俊美，

少时渡河溺水而亡，

上天命其为河神，

乃赐活。

穆王与河伯共祭大河，

河伯沉玉璧，

穆王投牺牲。

王问河伯群玉之山，

河伯西指休与山，

谓过河入谷地，

有天使帝台居山之巅，

帝台性温良，

好弄棋，

其棋子五色而文，

状若雀卵，

皆玉籽。

穆王遂西行至休与山，

得帝台之棋。

帝台笑曰：

"得之祷百神，

服之不蛊。"

王求大玉，

帝台告之：

"西去万里，

有昆仑丘，

半山之上，

纯玉无杂石。"

王沿大河谷地西行，

入赤乌国，

得美人，

返礼千金。

赤乌出美人，

街衢中遇赤乌妇人，

每如遇神。

又入渠搜国，

国人献白鹄之血以饮王，

具牛马之湩以洗王足，

王赐锦缎、珠玉及异珍于民众。

更入黑水域，

遇长臂人；

远至矮人国，

人皆长不过尺，

其棺椁小如豆盒，

启之见尸，

冠服、冥器与常人无异，

只精微细巧而已。

凡阳纡山、休与山，

赤乌国、渠搜国，

长臂国、矮人国，

皆犬戎支族。

诸戎王之王为女首，

于极西之地昆仑上。

王欲得大玉，

欲添寿数、去疾厄，

必见女王。

八骏日夜不息，

奋蹄西奔，

出河谷，入大漠，

群星围绕，日月交辉。

昆仑之丘，群山之山，

万仞之上曾有天梯达天庭，

创世之初，天帝与天使依此上下无阻。

那时天使们见人的女子美貌，

就随意挑选，娶来为妻；

那时有伟人在地上，

都是天使与人的女子们交合所生，

那就是上古英武有名的人。

然而人在地上罪恶很大，

那英武大能的罪恶更大，

上帝于是后悔造人在地上，

心中忧伤。

上帝说：

"我要将所造的人和走兽并昆虫以及空中的飞鸟，

都从地上除灭，

因为我造他们后悔了。"

上帝发出洪水，

灭绝罪人，

唯留下祂选定的人种和物种，

迨洪水退去后繁衍。

洪水之后，

天梯就断绝了，

人与天便分开了。

穆王到得昆仑山，

见祂在地上暂居的故宫废墟犹在，

上帝的乐园里古木参天。

穆王叹道：

"我乃祂之子，

人称我天子。

如今天子见不到天父，

请赐我玉路拜谒神天。"

他抚栏恸哭,

悲声难止。

有女子听见哭声,

从园子的林中出来,

对他说:

"我乃天之女,

父嘱我看守玉路并人间寿厄,

今与天子相见,

莫非命中预设?"

天子见她赤裸美兽之身,

须毛亮泽柔密,

如云霞蒸腾,

正如中原经书上描摹的样子,

便晓得她真是天女,

乃诸戎万王之王。

她美如瑰玮,

有奇光异色,

并非人间女子靠仪容和青春惑人,

而是明光无限,照耀黯黑。

她将你照亮,

将一切丑的面貌都照美。

所以，没有人不为她动心，
没有人见到她不屈服。
她是灯，
兽身人面，
昭示出造化万物原初的美，
虫美，鸟美，
矮的美，高的美，
青春美，垂老亦美，
万物因她见证自己大美，
一切的美都集于一身。

从来都是她打动别人，
然而这一次她竟被天子打动。
天子打动她的是悲悯，
那不绝的悲声，
原是连着神天的圣心之音。

昆仑之丘，
半山之上为纯玉，
玉有凹池，
上有巨乳尖垂，
名凌云钟乳。
钟乳凝聚天地精华，

百年聚得一滴圣水，
圣水滴落凹池中。
点点滴滴，
百万年汇成一潭瑶池。
池水平静如镜，
照见天子与天女仙容。

蝶恋花飞，
花摇颤不能自已。

天女啸歌，声碎池镜：

"千年悠哉，
不如此间瞬时一快！
时间快得我抓不住了，
我难道是天上的云彩？

"你我之间隔着山川，
何以今日无间无碍？
倘君长生不死，
可否许我他日再来？"

天子答歌：

"江山如此多娇，
怎媚得过此间歌啸？
不还何言再来？
长驻不还才好！

"可怜东土诸夏万民，
寄望我交通天人之桥。
或者此去三年，
再来与你逍遥。"

天女又歌：

"万兽与我为伍，
群禽与我共处。
天命我据守昆仑，
唯君可识我天女面目。

"只有天子可叫我失魂，
我知道你的血脉来自神圣家族！
真的是乐声令我陶醉，
抑或是你的温存令我心飞舞？

"不如随你而去，

又怎可违命不顾?

不如留你长驻，

又怎可叫你荒误?"

天女暗中拨弄厉星与五残星，

去了穆王疾厄，并添了他的寿数，

好叫他刚健，又叫他长命，

三年有约，

三十年，三百年，

漫长的岁月，

只有相见时才有一快。

那快的瞬间，

不是一时一天，

而是千万年紧凑在一起，

身心腾飞起来，

世界浓缩为一团。

又将昆山玉英装满穆王车乘，

书上记载，穆王载玉万只而归。

归来的穆王还未坐定，

东部原先商人的后裔徐偃王起事，

穆王率兵亲征。

又出师往南方去，
途中全军尽化，
君子化为猿鹤，
小人化为虫沙。

穆王愁苦，
召来偃师解闷。
那偃师原是西行途中所获，
有秘技可将草木做成人偶。
那人偶行坐语默与生人无异，
可歌可舞，情笑栩栩。
偶人于舞中向盛姬挑眉传情，
穆王羞怒，降罪偃师。
偃师拆卸偶人，
见偶人腹中有脏腑有经络，
唯独无心。
偃师道：
"筋骨肌肪皆可造，
唯心不可造。
心通神天，
造化主宰。"

穆王宠盛姬，

盛姬本是周室族长之女。

征伐途中盛姬染疾，

穆王差人飞骑送浆，

浆至而病不愈。

穆王怀拥盛姬，

共浴夕阳，

于沂山高台上见有凤凰比翼双飞。

凤凰于飞，翙翙其羽，

穆王大喜，道：

"凤凰现，

必圣王出，

应吾身矣！"

说着，盛姬溘然而逝。

啊，这难忘的景象，

凤凰在夕阳中飞翔，

一凤一凰，

有一只坠落。

这太令人痛心了！

穆王悲恸难抑，

昼夜不食不寝，

216

形容枯槁。

有武士道：

"自古有死有生，岂独淑人？

天子不乐，出于永思。

永思有益，莫忘其新。"

三年至，

穆王不记前约。

天女自西国来京，

穆王留天女宿于昭宫。

啊，他忘记了万只美玉，

忘记了构筑天路！

他忘记了歌啸瑶池，

忘记了池镜醉碎！

天女趁着夜色不辞而别，

她踏上了归途，

又暗中将厉星与五残星拨回。

他是真命天子吗？

东征西讨，令万民平均，

修典制礼，繁文缛节，

难道只识得天神外衣，

不识天神面目？

那些群玉之山的玉英，
如今被放置在禁中府库，
穆王的子孙拿它们来画龙描凤，
拿它们来规限等级、爵禄，
拿它们来铺排祭祀的程序、仪式。
那么多矩则被留下了，
那最重要的目的被遗忘了。

第五首　他觉得自己都快要断裂了

汉学家安娜教授，
在奥胡思大学教汉语课，
应瑞典文学院邀请往斯德哥尔摩去做讲座。

星期五下午有闲暇，
一个人在老街徘徊，
走到一家名叫"卑思德乐"的古董店，
店老板经营旧钟表和中国文玩。

卑思德乐是霜巨人家族的女巨人，

她与鲍尔生下了奥丁、维立和菲。

这个拿女巨人名号开店的老板实际上是一个男人，

矮小的，瘦弱的男人。

矮小的卑思德乐拿出宋代的瓷器，

安娜教授没有兴趣；

瘦弱的卑思德乐拿出清朝的翎管，

安娜教授摇摇头；

男人卑思德乐又拿出汉魏的碑帖，

安娜教授翻看一下便放下了。

似乎没有任何东西令安娜心动，

她正准备离开，

却在一个花瓶边被一样挂件吸引。

那是随便用绸带拴住又悬在笔架上的圆环，

石灰一样的外表，

全体布满皴裂的石纹，

掩隐着红的、黑的脏色，

安娜发现环中有一处细削，

好像快要断了。

安娜问：

"这个环可以拿下来看吗?"

男人卑思德乐道：

"看吧，看吧，

你拿下来随意看吧。"

"它是什么材质的?"

安娜拿下圆环，轻握在手中。

"我实在不知道它是什么材质，

但一定是件老物品。"

男人卑思德乐肯定地说。

"何以见得?"

"啊，前年奥克镇教堂翻修，

那堂后墓地中的遗骸要迁葬别处，

工人掘土时发现几样东西，

其中就有这圆环，

反正无人认领，

就交给管理委员会。

委员会的人让考古博士鉴定，

说不是什么稀罕之物，

也没有博物馆收藏，

便卖到古董铺子。

几经转手，

就到了这里。

人家是卖给我银器，

搭送了这件。"

"它是中国人的古物，

怎就在奥克镇的墓地里？"

"是吗？教授认得这样东西？

你怎么就肯定它是中国人的？"

"实际上，这个东西不是圆环，

它是一枚玦，

你没有看见其实环中有一个缺口吗？

中国人将有缺口的环叫作玦，

只有中国人会做玦，

噢，严格地说，

是鲜卑人，

黄种人。"

男人卑思德乐借着灯仔细看了一下叫作玦的东西，

干瘦的样子，

真的有一处缺口，

缺口正对的一处脆弱不堪，

仿佛一用力就会断裂。

这副样子令他很不舒服，

他觉得自己都快要断裂了。

"你喜欢的话，就送给你了。

尊敬的安娜教授，

真的送给你了。"

安娜来回小心翻看这枚枯干的玦，说：

"其实，它是一件真正的古董，

只是不知道经历了什么，

看起来古怪而不可思议。

啊，我直疑惑，

它怎么到了奥克镇人的手里。

那墓地里埋葬的是中国人吗？"

"这个我真的不知道，

已然经过很多人的手了，

除非你找到挖掘的工人，

他或者还有记忆。"

（是啊，

这个卑思德乐怎么会晓得断魂赤佬的事呢？

我原先也不知道，

是玉玦告诉我的。

——王胜注。）

安娜教授买了一只奥米茄的旧金表，

付了七千瑞典克朗，

算是回报男人卑思德乐的好意。

（后来，

安娜教授来中国，

将玉玦送给了女诗人黑沨，

黑沨又送给了刘漫流，

刘漫流送给了李亚伟，

李亚伟送给了我。

亚伟说：

"王胜，这件东西也许你喜欢，

你喜欢玩古玉，

他们说这是件有来历的玩意，

可是我实在看不出有什么特别的，

像一块破石头。

你研究研究吧。"

是啊，亚伟给我时，

看起来也没好多少，

只是表面有一点手泽的滋润而已。

——王胜注。）

第六首　岁星之精化玉

这小男人卑思德乐手里的玉玦，

并不是一件寻常之物。

今虽视之如石，红白黑沁蒙裹，

干瘦不盈握，满身裂纹密布，

然而这玉玦是有来历的。

那时，穆王已逝两百年，
岁星之精坠落荆山，化为玉璞。
璞身外有石衣，粗粝不堪，
内藏精魂，非常人可辨。
有卜姓和氏者入荆山斫柴，
见有凤凰栖落青石上，
想凤凰不落无宝之地，
遂追凤凰踪迹而觅宝，
得之，献于楚厉王。
王命玉工察之，
工断其为石，
王降罪与卜和，
削其左足。
厉王薨，武王即位，
卜和复献璞，
武王嘱玉工察，
工断其为石，
武王乃削卜和右足。
及至文王时，
卜和怀璞匍匐于荆山下悲泣，
凡三日三夜不止，

泣尽而继之以血。

文王甚异之，

使人问其故。

卞和道：

"非为削足哭，

但悲视玉为石，

污士为诳。"

文王遂命玉工剖璞，

内果有美玉，

侧而视之色碧，

正而视之色白。

文王珍之，深藏高阁，

又三百岁，至威王时，

令尹昭阳与越国战，

诛越君无疆有功，

王赐玉与昭阳。

昭阳得之，

寻玉工理璞为璧，

称为和氏璧。

某日于赤山设宴，

宾请众臣同饮，

出璧与客共赏。

筵散人去，
璧竟不翼而飞。

又半百而后，
赵臣缪贤于市中以五百金得玉，
相玉人告之，乃和氏璧复得。

第七首　完璧归赵

缪贤献璧与赵王。

那是浑圆的玉璧。
所谓璧，牝也，
像女阴，臀尾中钻孔，
谓之好，女子之穴。
玉牝以礼天，悦天，
求与天合而孕生五谷，
玉牝荫庇嘉禾，仓廪足。
置璧于米中，米生米，
无穷无尽。

和氏璧硕厚，

若美人腴尾，

径一尺有余，

抚之泽溢。

晨晖照耀呈万木之色，

暮光之下又有精米之莹。

光气自内而泄，

袭人销魂。

萌芽与果实，

青春与收获，

集于一体！

人于青黄润白间，

成为勾连的鲜花，

无数鲜花，

每日绽放，

神采奕奕。

人怀玉璧而忘美色，

此间情爱算什么！

欢快算什么！

乐之极非醉，

反而沉静不摇，

万物难移。

秦王闻赵国有宝，

称愿出十五邑交换。

赵畏秦强，

不得已差蔺相如怀璧赴秦。

相如于堂上献璧，

秦王传左右嫔妃亵玩。

相如知秦王无意割邑，

心生一计，谓秦王曰：

"璧有瑕，请示王。"

王归璧于相如，

相如接璧而欲碎之，道：

"倘欲夺此，人玉共碎。

王诚欲得此，必心恭而斋戒，

如赵王遣臣来时，先沐浴而礼待美玉。

臣见王亵慢玉璧，

轻予妇人弄传，

可见食诺，

故出此下策。"

秦王恐相如碎玉，

只好放还相如，

令归宾舍暂居。

相如连夜差人将璧送走，

方无虞而待。

越五日，秦王斋毕，

召相如上堂。

相如道：

"璧已归赵，

王可烹臣以泄愤，

然天下人由此尽知王言而无信。

臣命虽贱，岂值毁赵秦之谊？"

秦王遂设宴款待相如，敬若上宾，

复礼送相如安然归赵。

又六十年，秦灭赵，

得其疆土并和氏璧。

第八首　受命于天　既寿永昌

既得六国，天下归一，

秦王为诸王之王，称始皇。

秦相李斯改璧造玺，

又刻八字于玺上，谓：

"受命于天，既寿永昌。"

和氏璧从此名曰"传国玉玺"。
（那玉玦上的"天"字，
由地狱大司寇储安乐叫断魂赤佬用硅胶填塞的
"天"字，
原是由秦相李斯叫人刻上去的八字之一。
"受命于天"的"天"字！
天，就是玉，由玉构筑的天，
天之主宰就是造化的万神之主。
——王胜批。）

两年后，始皇南巡，
至荆楚洞庭湖，
风浪骤起，
所乘之舟行将覆没，
始皇抛玺于湖中，祀神镇浪，
浪遂平静。

又八年，
始皇出行至华阴，
有男子立于道中，
侍从往而驱之，
见男子手持玉玺，道：
"于此候祖龙多时，欲还玺。"

言毕则不见踪影。

传国玉玺又还归始皇。

又三年，沛公入咸阳，
秦三世子婴跪献玉玺。

沛公升汉王，
汉王得天下。
自此，玉玺藏于长乐宫，
庇佑汉祚二百岁。

第九首　那殊恩近了　那全恩尚远

西国众王之女王今何在？
那夜她趁黑离去之后再无音讯。
她是回到了天宫，
还是因为失去爱情而衰竭？

她的子民在穆王逝后百七十年伐周，
杀周天子，迫周东迁。

又百五十年，

周之诸侯秦灭西方狗国盖二十。

至此，犬戎西遁，

唯有禹氏一国据守河谷，

史书又称其为月氏。

始皇时，

北有匈奴常来犯。

匈奴者，不里牙惕之后人。

昔时怀玉者入中原，

留守者为匈奴。

盖匈奴与夏商本为一族，

这时候好比穷亲戚来讨债。

沛公汉王立国为汉，

自此夏商遗民统称为汉人。

汉匈和亲，汉匈交战，

时和时战，前后半百。

沛公的曾孙名叫刘彻，

书上以他的谥号称其为武帝。

武帝为败匈奴差遣张骞西行，

寻月氏结盟以联合抗匈。

因匈奴曾杀月氏王，

以王首颅骨制饮器，

月氏与匈奴有世仇。

月氏不敌匈奴，

西走妫水北岸。

妫水远在西戎之西，

那里天苍野茫，水草肥美。

张骞十数载跋涉，

为匈奴俘，又逃逸，

穿大漠，渡大川，

终抵月氏国。

时月氏妇人为王，

女王谓张骞曰：

"俱往矣，

与匈奴路远，

仇亦远矣。"

张骞归，

自于阗携来玉籽，

那是河之源吐露的玉籽。

玉籽晶莹，如果如瓜，如肥物所染，

多色白似截肪，精光内蕴。

武帝视之，叹白玉应皇，

皇即白玉，

掌白玉即掌权柄。

从先王的神玉时代，

到周人的礼玉时代，

这时候进入了王玉时代。

神玉是天地玄黄之色，

礼玉是四方杂糅之色，

而这王玉乃是纯白无瑕之色。

神之玉堕为王之玉，

难道这人间的帝王配受美飨天肉吗？

昔日上古圣人献玉于天或得八百之寿，

之后天之骄子寻玉筑天路亦有一百零五之颐，

如今这刘彻皇帝采玉自享能活几天呢？

啊，他英武盖世，

他逐匈奴、凿空西域，

他甚至活不过七十年，

他成了短命君主！

那岁星之精被遗忘在长乐宫了，

那兼有种子和果实两色的玉玺被束之高阁了。

神天投下星辰于荆山荒野间，

乃是给国人特殊的宠遇，

在四周环玉的地上别加一样莫大恩典。

恩典是不要偿付的，

是白白给予的。

只是这殊恩免了许多债孽，

却并非全恩全赦。

那全恩全能的快要来了！

在刘彻去后的第八十七年，

人子降世了！

然而这等完全的佳讯先未临到中国，

因中国由玉脉庇护，又得特别恩宠，

靠着上天的宠妃、骄子、珍馐，

靠着从人间嫁出去的新娘，

中原的民人与天咫尺相近，

与佳讯远隔重洋！

圣多马来了又去了，

这是先有预备的，

即便圣者也无能为力。

聂思脱里的叙利亚人阿罗本又来了，

他的教义只能在契丹和鞑靼地传播。

也可兀鲁思时也里可温曾遍布江河两岸，

之后又销声匿迹了。

再后来是泰西鸿儒利玛窦博士来了，

然而他的墓碑叫拳民给砸了。

那拳拳不弃的马礼逊教士，

他编纂了第一本华英字典，

又将经书完整译为中文，

可是他至今被拒国门之外，

他的灵魂安息在濠镜妈阁，

在一栋居民楼下，

人随意将脏秽抛掷在他的墓盖上。

然而，这是怎样的预备呢？

何以那边有亲临的全恩，

这边有大福的殊恩，

却要等待几千年才贯通呢？

武帝之后是昭帝，

昭帝之后是废帝，

废帝之后是宣帝，

宣帝之后是元帝，

元帝之后是成帝，

成帝之后是哀帝，

哀帝之后是平帝，

平帝之后是孺子婴，

因为有篡权者王莽乱政，

刘婴当时才两岁，

未登基，故称"孺子"。

那长久被遗忘的传国玉玺，

这时候被王莽想起来了。

他要正名，

要让天下人晓得他"受命于天"，

于是需要那方玉玺。

他逼太后交出玉玺，

太后怒掷玉玺于地，

这便摔坏一角，

后来有人用金子补上缺口。

就是这个缺口，

储安乐让断魂赤佬用硅胶填塞了，

如今还留在玉玦上。

汉末十常侍作乱，

少帝仓皇出逃，

未及带走玉玺，

返宫后不见玉玺。

后孙坚手下于南甄宫井中见有女尸，

乃宫女投井自尽，

捞起女尸，

见其颈下有锦囊，

锦囊中有玉玺。

孙坚藏玺于妻吴氏处，
袁术拘孙坚妻，
得玉玺。
袁术死，
徐璆携玺至许昌，
献予曹操。

第十首　忽必烈与孟高维诺问答

曹魏得玺，传晋，
晋时五胡乱华，
玺入胡地。
胡人即匈奴鲜卑后，
西胡放牧，东胡狩猎，
如其祖。

穷亲戚一趟一趟来敲门，
一代一代来掳掠，
仿佛这是一本欠债，

238

那已然自称汉人的同胞何以寝食无忧？

都是出自北地的同种同族，

一个得宠，一个遭弃，

天道原是那么不公平的吗？

五胡去，

玺复归晋。

晋后玺传宋，

传齐，传梁，传陈，

陈灭入隋宫，

隋灭入唐宫。

后梁废唐哀帝，

梁王朱全忠得玉玺。

后梁灭，玺入后唐。

主诞第十世纪，

契丹军入洛阳。

后唐末帝李从珂，

怀玺登玄武楼自焚。

从珂，从珂，

从了美玉，

只是那美玉去了何方？

契丹出于不里牙惕，

居大鲜卑山南，

唐时名突厥，

魏晋统称胡，

胡之前为匈奴，

匈奴之前为猃狁，

猃狁之前都是牧羊的人儿，

一部守大漠，

一部尾后跟着塞人进入中原。

如今那守大漠的也追过来，

削了河之北半壁江山建立辽国。

中原唐之后为宋，

宋与辽对峙百余年。

那唐时由阿罗本传来的聂思脱里，

这时被汉地禁绝，

传到了契丹辽国。

有农人名段义，

犁地时发掘一玺，

献于宋廷。

大学士如获至宝，

确信为始皇传国宝。

徽宗时有使往契丹，

归来报君，谓契丹王有玉盘，

盘中见篆字"受命于天"，

方知段义之献乃伪玺。

啊！那传国玉玺，

那聂思脱里传来的人子佳讯，

这时候都在契丹人那里。

汉地的国祚要到尽头了吗？

上天难道改了心意，

拣了外邦人做主吗？

之后又有女真人兴起，

那女真的祖先便是鲜卑狩猎的后裔，

他们祖居鲜卑山东侧，

此时壮大起来，

一举灭了契丹，

又过了大河掳走汉人的皇帝。

之后契丹的别支号称蒙古人的又兴起，

蒙古的意思是"长明之火"，

这火烧到了女真，

烧到了江南，

烧到了海西多瑙河。

一个统领世界的帝国出现了，

黄种的，白种的，

牧羊的，狩猎的，农耕的，

都在长明之火的照耀下。

从耶路撒冷传出的佳讯，

不论是转道罗马城的，

还是拜占庭的，

还是叙利亚的，

还是基辅罗斯的，

都在长明之地的大京哈剌和林相遇。

蒙古人的大君叫作成吉思皇帝，

他的孙子忽必烈皇帝即位时，

弃了和林城，定都在汗八里。

汗八里的意思是大京，

如今叫作北京。

在汗八里执掌地上万国权柄的忽必烈皇帝得到了玉玺，

那玉玺已是契丹人改制的玉盘。

看哪，玉玺所归，

必是权柄所属！

从神圣罗马帝国来的孟高维诺问皇帝，

凭那莫大的权柄，

何以不将佳讯传遍帝国四境？

皇帝说：

"你没看见那些佛门的僧侣和道宫的术士了吗？

有谁能有他们的大能可以呼风唤雨？

有谁能有他们的秘技可以疗疴瘘疾？

快快让你的教皇差遣大能者来汗八里吧，

迨超能者压过他们的时候，

必是佳讯广播的一天。"

皇帝又指给孟高维诺看一只大玉瓮，

它重达三吨半，口径有十尺宽，

将一壶酒倒进去，

酒生酒，汩汩不绝，取之不竭。

皇帝说：

"这个你能做到吗？"

孟高维诺说他做不到。

皇帝又说：

"何时你让这玉瓮不出酒了，

或是我治下的臣民归服人子之时。"

长明之地的君主靠着术士和方士的威力快乐着，

快乐到不能自拔的地步。

他忘记了草原，

忘记了毡帐，

也忘记了他生母唆鲁禾帖尼的信仰。

随后，他的子孙的子孙被汉人推翻了，

可是，汉人仍然没有得到玉玺，

说是这从玉玺改做的玉盘随着长明末帝流入

漠北了。

第十一首 玺之新命

昔日人母被造出来，

是为了安慰人父。

按照希伯来人的经书记载，

人母受了古蛇的引诱，

鼓动人父吃了乐园中的智慧果。

于是神天便惩罚女人，

让女人受经水和生育的苦痛。

又按照日出地的经书记载，

水神共工怒触不周山，

天柱倒，天塌陷，

天河之水注入人间。

人母炼五色玉以补天，

似乎是为着先前的不是而抵偿。

人母死，

其肠化为十个神人，

神人居五色玉中，

有一颗玉籽补天时被遗落，

留在青埂峰下。

后世人将这事记在《石头记》里，

敷衍出一则辛酸荒唐的演义。

十个神人，

说是未来每遇黑暗年代，

就会出现一位救星在人间。

东方从有王到末世君主，

共有八十三王，

灭国五百五十九次。

十个神人哪里够呢？

神天是否在传国玉玺里预备了更多神人？

蒙古之后有汉人朱姓者建立大明，

明之君主差大将军徐达深入漠北寻玺，

未果。

这时候，

中原的民人已不尽是夏商留下的汉人，

那穷亲戚号为契丹的，鞑靼的，女真的，
失了国祚，却并未北归，
因征战与迁徙留在江河南北的，
多已经是新来的外姓。
汉人的王权自此不复存在，
只是托汉人名义的王朝再生了。

那时候西域的民人也在长明蒙古的治下，
成吉思皇帝将他的世界帝国分给四个儿子，
次子管辖的地方即原先西戎女王的诸邦，
名察合台汗国。
察合台地方在蒙古人来之前信奉聂思脱里教，
那里的诸邦诸姓合在一起，叫作畏兀儿，
意思是联合起来作为一族。
之后他们改信穆罕默德宗，
又建立起叶尔羌汗国，
之后蒙古准噶尔一部又灭叶尔羌国，
女真人在中原建立的清国出兵灭准噶尔，
西域遂归入中原，名新疆。

长明之火所照之处，
皆混染了蒙古之血，
即那北地不里牙惕的血，

斯拉夫人如是，

汉人如是，

塞种人亦如是。

世界似乎从那个时候起，

多少都是不里牙惕之裔。

那朱姓皇帝的明国重新编了户籍，

令女真的、蒙古的、汉族的和回纥的都改属汉人

的姓。

自此，那从羊儿人来的，从狩猎人来的夏商汉人，

又加进了羊儿人和狩猎人叔伯家族的血；

如同羊儿人早先甩不掉那塞人的尾巴，

这时候新明国的汉人里也有从回纥那里来的塞种。

黄种的加白种的，

无论如何混染，

都并未改变骨血，

只是有一样不同，

因玉聚合的一宗与非玉的别宗。

明国依然是玉国，

群玉环绕之国。

西域既叫察合台叶尔羌占了，

于阗白玉便难索得，

互市换来的，

过了商贾之手，

过了地面上强人和官吏之手，

好的都被私下吞占了，

送到皇帝那里的，

反而是些下脚料。

既无美玉，又丢了传国玺，

皇帝便想起来玄黄老玉，

于是又重唱色黄为贵的老调：

"黄玉为上，羊脂次之。"

明国的皇帝按典查到禹氏之玉，

遂差遣使者往河谷去，

在那里果然寻到了色黄如蒸栗的黄玉，

就是上古月氏辖地上的玉脉。

他采来黄玉做成鼎、尊、炉、盘，

并不是用来献祭的，

乃是他自享的。

自刘彻以降，

玉成为人君的飨品。

你飨得，我怎就飨不得？

白玉为皇，

如今人人都私藏了白玉，

人人都做皇帝了吗？

皇字，

只剩下一个读音，

谐了黄的音，

那么，黄玉是否成为皇玉？

那青黄之色，

本是天垂地之延伸，

是天的颜色过渡到地的颜色，

是天地一体的明证，

先皇们用以应天地；

造化别坠岁星之精，

授人权柄。

如今失了宝玺，

哪来天命神授？

上天何故将权柄收了回去？

上天又何故将白玉赐给众人？

那传国玉玺今在何处？

得着它的人真的得着人间权柄吗？

它或者成了一方普通的玉？

或者在末世来临之前又秉承了新命？

那写《石头记》的说，

失玉好比失魂落魄，

仿佛人魂国魂丢了。

只是他满纸荒唐言，一把辛酸泪，

哪里有人母遗失在青埂峰下的五色玉？

岁星之精真的埋没了，

埋在漠北沙碛里，

埋在羊儿人、狩猎人和塞人的层层记忆里。

上天做了怎样的安排，

让它隐没又呈现？

啊，它复出的时候，

将是载着佳讯带来全恩的节日，

因施全恩于人间者，

乃是万君之首，

他执万能之权柄，

深至洋底，高达云天，

被及万物，细入丝发。

东方的民人有福了，

他们在殊恩之外复得全恩的终局，

必不因外族人的忌怨而落空！

天道的公平显现在这里——

先得全恩的需要等待，

等你的兄弟用时间结清孽债。

第十二首　新玉时代

从大鲜卑山往西，

一直到现时的顿河，

曾经都居住着放牧的不里牙惕之后，

猃狁之后称匈奴，

匈奴之后称突厥，

突厥之后称契丹，

契丹之后称蒙古。

中间自阿尔泰山往西，

越来越多的塞种人混杂进来。

阿尔泰的意思是金子，

阿尔泰山就是一座金山，

谷地里和山中深涧，

四处散落着金砂与金块。

塞人是金的守护者，

一切最美的金器都出自他们之手。

白种的与黄种的交合，

一直伸展到波罗的海滨的俄国，

是故蒙古人将东部大鲜卑山下的部族叫作"尼伦

蒙古",

意思是纯正的蒙古人，

就是没有含混塞种血的黄种人。

人种越往西越白，

越往东越黄。

成吉思皇帝统领天下后，

将他辖治的疆土分为四块，

尼伦蒙古的地方他交给了拖雷。

拖雷是成吉思皇帝的幼子，

蒙古人令幼子守家，

似乎东方所有氏族都有这个传统。

拖雷掌管的这片地土，

后来叫作察哈尔，

意思是"汗王之卫"，

都是万户、千户、百户中的骄子，

他们身手不凡，体健智高，

由他们守卫斡耳朵和皇帝，

成为皇帝的亲军。

察哈尔是蒙古的核心，

是蒙古的精神，

察哈尔倒了，

蒙古就倒了。

明的末时，

有大鲜卑山东部的女真人兴起，

就是最早的狩猎人的后代，

在契丹与大宋对峙时曾来过中原。

他们击败了契丹人，

掳走了宋的两位国君，

后来又被契丹的后代，

就是称作尼伦蒙古的征服。

这时候，狩猎人再度强盛，

甚至一举剿灭了察哈尔。

那到了漠北的传国玺，

说是正藏在察哈尔人手中，

此时归了女真人。

有牧羊人于山冈下，

见一山羊三日不啮草，

但以蹄刨地不止，

牧人发之，

见玺。

一本叫作《清实录》的书中这么写道。

又说：

"玺上有文，乃汉篆'制诰之宝'四字，

璠玙为质，交龙为纽，光气焕烂，洵至宝也。"

女真的君主闻此大喜，
出宫郊迎一百里，
满朝文武跪拜受玺，
仿佛真的得了天命。

他们按蒙古语"代青"立国，
代青就是上国的意思，
无上至高之国，
写成汉字就是"大清"，
取"清明"之义，
所谓"清明在躬，气志如神"。
清字在明字之前，
似是清克明，
胜券在握。

果然，
大清灭了明国，
成为中原新主。

然而，到了大清的第六位皇帝，
就是人称乾隆的皇帝，
乾隆的意思是"天道昌隆"，

他是一个嗜玉为命的皇帝。

那时，准噶尔已经平定，

就是察合台叶尔羌地方，

原先天女统领的西戎之地，

昆仑逶迤的群玉之邦已经归顺大清，

酥润颖栗的于阗玉英再次输入中原。

乾隆的皇朝，

真的应了"天道昌隆"，

因为筑天的美玉滚滚入京，

皇宫被玉环绕，

成了天上的居所。

乾隆帝翻出府库的各样玉玺，

寻见那枚先帝从察哈尔人手里得到的"制诰之宝"，

他是多么希冀这就是那岁星之精化作的传国玉玺，

然而，他发现这是赝品，

因为从来没有人在玺上刻过"制诰之宝"这样的字。

他嘱玉工磨去了这四个字，

只当作一方美玉锁进了深宫。

他是一位聪慧的君主，

也是一位严谨的学者，

他不想欺骗后世的继承人。

至此，再也无人提及传国玉玺，
然而玉，并没有离开这国，
群玉环绕的这国依然得到不尽的恩宠，
只是那来自岁星之精的殊恩似乎中断了。
乾隆之后的嘉庆允准民人可随意采玉，
嘉庆之后的道光不再接受贡玉，
说："造办处所贮之玉尚多，足以敷用。"
再后来，到了咸丰皇帝时，
英国人来了，
他们带着比僧侣和道士高超得多的法术，
来撞击玉国之门。
曾记得忽必烈皇帝谓孟高维诺云：
"快快让你的教皇差遣大能者来汗八里吧，
迨超能者压过他们的时候，
必是佳讯广播的一天。"
啊，他们终于来了！
大能者终于来了！
他们的坚船利炮轰开了广州之门，
又轰开了天津和那曾经叫作汗八里的北京之门。
皇帝的各处行宫被焚毁了，
君臣和嫔妃逃往热河去了。

这年夏天，

咸丰焦虑成疾，一病不起，

他幼小的储君还不能掌权，

国政交给了圣母皇太后。

皇太后也想倚仗玉的神力，

然而她欲寻一块巴掌大的莹白玉籽，

陕甘总督左宗棠派了八千精兵，

于昆仑山下玉龙喀什河翻找两个月竟一无所获。

代表皇权的白玉似乎隐藏起来了，

太后只好转而求觅绿色的滇玉来代替。

这件事，实在于乾隆的父皇时代已然被预言，

那写《石头记》的，

在大清开国不久就悲叹失玉丢魂。

然而玉，并没有离开这国，

只是此时隐藏起来了，

之后时隐时现，

隐时灾祸连连，

现时恩宠如故。

那玄黄祭祀的时代是旧玉时代，

那白玉出水的时代是新玉时代。

新玉在人子降临之时来到，

好比上天在西方立了旧约，也立了新约。

那边，罗马的君王借着新约立了王权，

这边，中原的皇帝仗着新玉大行王道。

然而新约与新玉，

都藏着还权于民的动机，

上帝在鞑靼人横行天下的路上给人以机缘，

叫东西的王权在不息的更替中削弱。

那边，民权的革命自此风起云涌，

这边，王玉的时代进入民玉的时代。

玉，再不独居深宫禁苑，

那曾经祝祷的字象先是成了礼的衣壳，

礼的衣壳又成为权的制符，

权的制符如今成了民的口彩——

一路连科，喜上眉梢，鸿运当头，年年有余……

神玉，礼玉，王玉，民玉，

一路走来，

那岁星之精的玉玺消散在大漠深处了，

它从玉璞到尾璧，到权玺，到馔盘，

是啊，它复现的时候又改作玉杯，

它甚至从科拉深井坠入地狱后又成为玉玦，

难道还真有一个鬼玉时代吗？

鬼玉又何以复出，再回人间？

上天是要每个人都依着约与祂自主沟通吗？

上天是要每个人都得着玉与祂自主沟通吗？

再无须中间的君主和教主格于皇天吗？

如果每一个生命都是珍贵的，

那么，每一人的偿付就都是高昂的。

人间无主可托，

唯独全恩全赦者可托。

全赦是无须代理也不可代理的，

全赦借着约定，

借着玉路，

方可抵达。

然而，中原的民人啊，

曾经加着恩宠的玉如今已载着佳讯。

假使岁星之精复出，

那必是以佳讯作为明证，

而再不是俗世的权柄。

"受命于天，既寿永昌"，

此八字无误，

只是命不复在权，

命已在福。

啊，谁因玉听闻那佳讯，

谁就得了和氏璧。

第十三首　澄澜物语之璞

（下面几首，似乎是王胜从玉玦那里得来的信息，或乃玦中玉神复出后所言，故以"物语"名之，以示与前有别。——作者注。）

从岁星到人间地上的距离，

有十八万万里之遥。

我是岁星之神，

名澄澜，字清凝，

是东方青春大神句芒之子。

你们看我是一个女子，

也是一名少年，

正如我化作荆山之玉后，

正视色白，侧视色碧。

岁星有木德，

又叫作木星。

我有那星耀璀璨的王冠，

披戴青霞和万寿之鹤的羽翼，

我的袜履是红色的，

有东瀛深海中珊瑚的光泽。

我与我父共管万木生发，

凡人间山林、草木、鲜花都由我们司掌，

还有龙蛇龟鼋各类水族，

以及风雷之事，

都听命于我父子。

上天赐我仁爱之性，

人若有心事告白，

倘听见了，

无不从允。

木星光照三十万里，

径一百里，

十二年一周天。

人在夜空中看见它时，

好比一颗带着红斑的明珠。

在人子降世前第八世纪，

上帝坠我于人间东方，

赐予我天体肉身，

就是你们叫作玉的质地。

我划过夜空，

那快过光照的速度，

将五色云与风霜雷电化作砾石，

紧裹在我身外，
推我落入荆条遍野的山中。

我静卧在巨大的青崖下，
看起来像一块粗粝的灰石。
有凤凰飞来，盘旋又栖落，
这是预先备下的神迹，
为了引领斫柴的樵夫到来。

天之身为玉，
玉是亿万年精灵凝聚，
那些上古英武的和俊美的精灵，
神鸟，蛟龙，烈士，圣人，
虫之精，鱼之灵，
筚路蓝缕的先祖，
以及载歌载舞的美人……
他们层层将我围裹，
于此等候拣选的人来。

人的命运多么奇妙，
半生斫柴，
与青灯冷雨作伴，
只为这一刻到来，

只为了寻见我，

寻见群英簇拥的我。

他来了，

他以长年辨认根茎与花叶而练就的目力来穿透我。

他看到砾石包裹下的玉肉，

一池澄澜，

又因内蕴精光而泛白。

白是日自上而下的光照，

一切光的根底皆为白色。

啊，我不是透明的，

如果是透明的必是美石；

我是深沉而透光的，

那些交织在一起的内容，

实在是万千灵魂的序列。

有英灵啸极的群唱令人耳失聪，

有众魂魄辉映的光芒召人魂出——

玉中之魂与人魂呼应，

这就是人视我而被我夺魂的缘故，

夺魂并不夺目。

那夺魂的是你看它，

那夺目的是它看你。

他既认得我，

我便从璞中显身。

我对他说：

"不要惊怕，

我名澄澜，

岁星的精魂，

青春大神句芒之子。

我受命来此，

等候你多时了。"

他告诉我他叫卞和，

除了斫柴卖柴一无所知。

我告诉他：

"三日后楚君必从荆山下过，

你将璞献给他，

他必不认，

还要加罪于你。

但这是早预备好的宿命，

你逃不过的。"

楚君果不识玉，

并降罪砍断他一只脚。

先君之后，

又有新君从荆山下过，

新君依旧不识玉，

又下令砍断他另一只脚。

"你为什么要害我，

让我失去一只脚，

再失去一只脚？

如今我连斫柴的营生都断了，

我为什么还要在世上受苦？"

卞和悲忿不止。

"人在世上哪一个不受苦呢？

不唯独是你。

你先前的苦是赎你祖先的罪，

你必要从地土中讨要吃的；

你如今的苦却是来自于福恩，

因你先认得我，

我便显现给你看，

你因我遭了人君的伐戮，

这些都记在天廷的簿上，

你必不再背负你祖先的罪而从地中索食。"

我用言语安慰他，

并伸手抚他肩胛。

他心中充满了欢喜，

顿觉饱足。

这一世君王去了，

又有继位者从荆山下过。

卞和伏地而哭，

泪尽血继。

他此时已不为断足而哭，

他为人不识福恩不识本真而哭，

他为人而哭。

人总是迷信虚妄，

断了自己的福缘。

断足者哪有断福者苦痛呢？

你缺了双足进入永生，

强如有两只脚落到地狱！

上帝对先知说：

"你若将宝贵的和下贱的分别出来，

你就可以当作我的口。"

这一次，

新王派来的玉工将宝贵的玉认出来了。

这件事经历这样的过程，

是上帝借卜和的口说出真理。

真理在玉国记在玉上，

识玉的代价是断绝尘埃的迷惑。

人是以双足行走尘埃大地的！

双足带你到外面的世界，

外面的世界真的精彩吗？

双足本是叫人站立的，

双足怎就令你跌倒呢？

第十四首　澄澜物语之璧

上天的预备，

历来不为人所知晓。

祂要隐藏的，

虽智者也难以窥察。

我于楚君的深阁中静卧，

一卧便是三百岁。

啊，上主看千年如一日，

看一日如千年！

三百岁，

似午间一寐，
又似亿万晨昏，
无尽生死。

当时辰到了，
我显现出来，
在大江之阳，
在桃红满园的丽苑中，
那是楚的大京郢都的北郊，
那里驻扎着守城官，
他的名字叫昭阳。
他是善败不亡的昭王的后代，
因日夜守城而无战功苦闷着。
我对他说：
"你的时代快来临了，
当朝楚君要派你去征伐越国，
还要征伐魏国，
你会在江东得到食邑，
还会得到我的玉身，
就是文王时在荆山和氏献来的璞。
你要寻最好的玉工将璞中之玉顺纹理琢，
按照人间女子的好孔模样钻一方大璧。
你是秦国人的后代，

你身中有秦人的血脉。

尚记得平王时从秦国迎来一位女子吗？

这女子本是平王为太子建迎娶的，

不想走到半路上，

大臣就先跑回大京去禀报平王，

说女子太漂亮了，

不如王自己享用她，

再替太子另寻一位吧。

于是，平王临幸这位女子，

就生下了你的先祖珍，

珍就是昭王。

你是昭王庶妻的后代。

你们从秦国得来的好处是上天给的，

上天也必将另一样好处回归秦国。

现在上天要假你之手将一方大璧送回去，

先到赵国人手里，

然后从赵国再到秦国。"

"为什么要先到赵国人手里？"

昭阳君问。

"因为秦王要拿十五座城池来换，

而赵国人不肯。

既换不来，便抢来。
如是来回周折，
世人方晓得我的贵重。"

昭阳君默然。
我又对他说：
"上天拣选了秦国，
要让秦君执掌天下的权柄。
我受命赋权予人，
谁得我谁便是万君之君。
那先入楚的美艳女子，
便是先来索我的。"

"不如直坠你于秦地，
何必先坠楚而复至秦？"

"你听过这样的话吗？
'楚虽三户，亡秦必楚。'
你们是芈姓的熊氏，
下面有称屈、景、昭的三支，
所以叫作'三户'。
天意莫测，
然而从平王起，

他夺子之妻，

就开始亡道了。

那秦地来的美妇，

原本就是摆在人前的选择，

人君如何选，

便有如何结果。

我如今助你，

便是一个征兆，

就好比曾经昭王走投无路，

竟善败不亡。

昭王是位好君主，

昔吴攻陈时，

昭王出兵救陈，

病倒军中，

时天有红霞似鸟，

绕日飞翔不息。

太史道，凶临君，或可移凶于将相。

昭王不忍，谓将相如手足，移凶于他无济于事。

又占卜，卜人以为大河作祟，求祭河神。

昭王说：

'自先王受封后，

遥祀不过江汉，

河神从来不曾得罪过。'

这时候他的父王来了，

问他渴了吗，要水喝吗，

他摇摇头，不说话；

这时候他的母亲来了，

就是从秦地来的美妇人，

母亲剥了橘子递给他，

他目视别处，并不吃。

可是，两行泪水从他的眼角滚出来了。

他还是那个珍，

父母珍爱的孱弱的珍。

有很多人可以帮他，

活着的和死去的，

在这时都想帮他。

可是，他不要，

他宁愿单独死去。"

"如此善君，楚何不得选？"

"今主无道。"

之后，

昭阳君果然克了越地，

取了越王无疆的首级，

还胜了魏师，威震六国，
使楚地的疆界扩到大河之阴。
楚君封赐他东土之邑，
又将和氏璞赏给他。

他按照我的嘱托做了大璧，
肥厚有三寸多，好若妇牝，
硕大如少女尾。
夜色中，
我又显现在他面前，对他说：
"明日君在江畔赤山设宴，
正是我离去之时。
你好战得胜，
直不如先君善败不亡。
人于世人面前傲骄或可，
于神天面前傲骄必遭弃。
君理璞成璧，本应设坛沐浴祭祀，
岂可欢宴饮酒、将相亵享？"

那日赤山宴中，人皆醉不醒时，
有巡夜官于席上见玉璧，
匿于笥中，携归。
巡夜官将璧卖给了外邦商贾，

商贾将璧抵债给了赵人千户侯，

千户侯子孙不识宝，赠予市中贩夫，

赵臣缪贤于市中购得，知乃和氏璧，献于赵王。

秦灭赵，获璧，

秦相李斯命玉工碎璧造玺。

那些造玺时碎下来的玉块到哪里去了？

你不要问了，

我也不知道它们去了哪里，

那些没有我在里面的玉块，

跟常见的玉一样，

并无澄澜的清凝，

并无正视与侧视的不同，

当然，它们是玉，

有别的精灵在里面。

我与伴我长久的一部分精灵告别，

他们中间有战神，诗神，舞神，

他们所到之处，

庇荫嘉禾，兴旺五畜，

疗人冤疾，抵御不祥。

这些，都是无疑的，

从开天地以来，

一如既往。

天赐人以权柄，
人却塑了美妇的臀尾以炫耀，
不复飨天，专事自醉，
昭阳君不谙其理，
昭阳君只是传璧人，
并不是受命者。
然而，以璧飨天，
那是很久远的事了，
后来以璧礼天，
不过是飨天的衣钵。
这一次坠下的殊恩，
并不是要做献祭的贡物，
人认出这其间的意思，
从宝到璧，从璧到玺，
从权柄到佳讯，
仿佛是一个疑难的生僻字，
竟读了几千年。

第十五首　澄澜物语之玺

你们看见引诱人母的古蛇了吗？
那是堕天使的身胚。
天使本是上帝之众子，
有龙凤瑞兽、星火飞虫的各样形貌。
天使不是人子，
人子是上帝借着人的肉身生下的爱子。
那龙形的天使堕落下来，
就成为蛇的样子。

上帝造人，
让人掌管地上万物，
人是上帝最宠爱的，
这令众天使嫉妒。

早先前，
上帝之子见人的女子美貌，
就随意挑选，娶来为妻，
交合所生之子，

就是上古英武有名的人。

那龙天使在东方与人生下的后裔，

人称真龙天子。

堕天使与人所生的是巨人，

叫作拿非林，

上帝欲叫万物各归其位，

凡不归其位的都令衪生厌。

古时候出现的拿非林，

后来被洪水毁灭了。

有的书上说，

堕天使有九个，

名切茜娅，路西法，昔拉，

撒斯姆，亚伯汗，帛曳，

番尼，玛伊雅弥，贲薨，

他们分别代表着媚惑，抵抗，杀戮，

欲望，扭曲，颠倒，

叛逆，弥漫和遗失。

路西法就是被称为撒旦的古蛇，

他原本是天界中最美丽，最有权柄，

最有光辉和勇气的一位，

没有任何天使可与之相较。

然而，他傲骄不可一世，

率三分之一的天使反叛，

最后被击败罚堕，

成为魔鬼。

所以，

龙之子与蛇之子是不一样的，

尽管都有天神血脉，

却是神鬼的差别。

龙之子和蛇之子都是天子，

只有真龙天子才可以执掌人间权柄。

有蛇之子篡权即位的，

上天必叫人起来颠覆他，

夺走他的皇位。

当我成为玺之后，

第一个执掌的人是嬴政。

上帝择了他做东方第一位万君之君，

所以他又叫作始皇帝。

嬴政最早的祖先受封秦地，

乃周室的王族支脉，

周室是商的亲戚，

商的贵族与夏联姻，

夏是羊儿人的后代。

不论是狩猎人还是羊儿人，

他们中间英武有名的，

都是神龙或者神鸟与人交合生下的。

因此，从最初起，

一直到嬴政，

管理人间的都是天子后裔。

有人说，

嬴政的母亲是商贾吕不韦送给他父亲的美姬，

来时肚腹中就带着嬴政，

人于是怀疑嬴政不是天子血脉。

这是不对的。

因为，我受命将玺只交付龙的传人。

嬴政之后，

得玺的人是刘邦。

刘邦是第一个不在三代世系中的君主。

有人说他是刘累的后人，

刘累是夏代的驯龙师，

尽管他有本事驾驭龙，

却不是龙家族的子孙。

刘累的血传到刘邦的父亲就断了，

刘邦是龙的儿子。

她母亲行走在河边，

突然晕厥过去，

她丈夫出来寻她，

见有龙盘在妇人身上，

过不久这妇人便有了身孕，

生下了刘邦。

凡有龙凤身形的天使与东方民人所生，

都是真命天子。

真命天子诞生时，

都有异象。

嬴政怀胎十二月才出生，

武帝刘彻的父母先后梦见有飞猪在天上，

之后就生了刘彻。

猪乃堕龙，

飞在天上的猪便是堕落前的天使，

这梦预示他要背离天道。

自刘氏皇帝开始，

上天择了新龙，

当龙子传下去血淡了，

就再择另一龙。

刘姓之后，

玺落奸人之手，

就是蛇之子称为天子的时代。

直到隋再次统一天下，

龙子复出。

新龙子降生时，

屋内紫气萦绕，

婴孩儿头生龙角，身披鳞甲，

有龙的下颌，

头顶有五道光直冲苍穹，

目光如炬，将室内照亮。

时有尼姑来访，

见婴孩儿手中天生一个"王"字。

这景象是要让人知道，

真龙已然归来。

唐时太宗降生日，

有人窥见天上云中有金龙，

那时正值隆冬腊月，

不想一园子的花都开了，

霎时间，姹紫嫣红，芬芳四溢。

唐到了高宗时，

李姓的龙血坏了，

上天预备下武姓人家的女孩儿来辅佐。

这女孩儿出生时，

有凤凰朝东南方向飞去，

预兆她之后要掌权柄，

做一位女皇。

女皇的名字叫则天，

意思是效仿神天，

以天为师。

她完成使命后，

又将权柄奉还李姓，

因为到了中宗时，

龙血又浓郁了。

宋的太祖赵匡胤，

生下来时身上有奇香，

香气弥漫三天才散去。

铁木真生下时，

手握凝血，

血硬如赤石。

透光视之，

如血色琥珀。

他是天选的世界君王，

不里牙惕之后的黄种人和塞人后裔的白种人，

都归在他的帐下。

上帝叫我在汉家寻见天子，

也领我在大漠觅见真龙。

那叫作和林的地方，

原先是匈奴人的龙庭，

那里有祭龙的坛台，

只是龙天使原初并未在北地与人交合，

这时候忽然有龙入了阿阑豁阿的毡帐，

阿阑豁阿与之交接，

生下三子，

其中叫孛端察儿的，

乃铁木真祖先。

那时候东方和西方，

都行一样的规制，

君主和教皇代替百姓祭祀神天。

在西方，百姓托给教会，

在东方，百姓托给天子。

只是人子降恩的佳讯还未临到东方全境，

天子代人与上天只做自负盈亏的交易。

玉的殊恩固然很大了，

然而再大的殊恩又怎能与全恩相较呢？

这一次我的使命不是只交付权印，

上帝要我启开玉玺的第二道命令，

乃是由权柄带来佳讯的广播，

从拜占庭一直到汗八里。

但是，

但是你们听到了长明之君对孟高维诺说的话，

他连天命权柄都不信了，

他忘记了他的权柄来自天授，

他要倚仗巫术，

倚仗更大的巫术才放心。

至此，我的第二个使命开始了！

上帝从玺上抹去了权柄，

却承载上佳讯。

东方的君主和民人要巫术，

那就给巫术，

让巫术叫他们低头，

叫他们松开紧握的拳头。

到那时，

那些溃不成军、泪流满面的失败者，

或者想起他们祖先中善败不亡的仁君。

啊，除了失败，还是失败，

一败涂地!

失败的人有福了!

你们不如夸耀你们的软弱,

你们难道强硬得过造化吗?

你们沾沾自喜、连连不断所夸耀的强硬,

哪一样不是更强硬之下的软弱?

好在玉玺失而复得,

我并不曾离开你们,

我受托将佳讯传递给你们,

令你们在坚船利炮的巫术笼罩下心软。

我再度复出时剩下的已不多,

但那些在碎璧造玺时掉落的玉块,

还有隐没后再现的群玉,

都因我的召唤而甦醒——

那偏远海城的细玉沟里又有玄黄美玉浮现了,

那天女故国的群玉之山又有昆仑玉英聚集了,

还有不里牙惕故地拜哈勒湖畔的玉崖,

还有现今叫作青海、贵州、湖南、韩国、迪拜和台湾的地方,

一切预先埋好的五色美玉都显现了。

玉在人之前按照人之后要遭受的劫难先备下了,

等新的时代里好令善败柔慈的人们由此获得全恩佳讯。

第十六首　澄澜物语之盘

玺到铁木真手里已是一个盘，
盘是承载的模样，
承载佳讯的形制。
那是神天叫得着玉玺的契丹君起了念头，
他突发奇想，
将大玺改作了玉盘。

他命玉工磨掉李斯刻的字，
磨掉了七个，
却磨不去"天"字。
这是要叫后人晓得，
这玉本是来自天赐的。

契丹君拿玉盘盛过鲜果，
鲜果腐烂了；
又盛各样佳馐，
鱼肉都腐烂了。
于是，他弃之一旁，

渐渐淡忘了。

从宋地来的使者认出盘的本身，

回转去告诉宋君，

宋君望洋兴叹，

他的禁军无力鞭及契丹。

失玺之君和弃盘之君，

都丢失了权柄，

因为没有和遗忘实在是一样的，

都是失去。

铁木真得了玉盘，

他并没有将盘用来盛酒食，

而是以盘为玺。

这样，

他得了权柄，

却得不到佳讯。

因为玉盘承载佳讯的天命，

并不是赋予他的。

他是最后一个靠着权柄本可以广播佳讯的君主，

他将原先契丹地和征服的克烈部的信徒保护起来，

又发兵抵达神圣罗马帝国边境，

允许公教和正教的教士进入东土，

他完成了天赋使命。

然而他的孙子忽必烈皇帝忘记了权柄的出处，

于是，玉盘的使命开启了。

我来时是身披砾石的一块璞，

我现在的样子是一个带有粗大握柄的浅盘，

盘的一侧有一个缺口，

那是我做玺的时候被摔坏的，

就是王莽的使者夺玺时，

孺子婴的母亲怒掷玉玺被摔坏的；

盘底有一个浅浅的"天"字，

当时刻八字时刻得深，

后来磨字时竟磨不去，

即使挖到盘底还隐约可见；

握柄短粗，

大概有二寸，

成璧时厚腴，有三寸余，

这便改玺制盘有了二寸之握、一寸之盘深。

契丹君的盘后来落入金兵之手，

金人不知其为何物，

置于中都皇家的府库深处。

北军攻打中都时，

有人从府库中寻到玉盘，

交给了成吉思皇帝。

那东丹王的八世孙耶律楚材，

人中俊杰，慧眼识宝，

他告诉成吉思皇帝我的来历。

于是，我被当作天赋的权柄收入锦匣，

先被藏在大斡耳朵的箱子里，

之后和林万安宫落成后又被供奉在宗庙，

从铁木真到窝阔台，

从窝阔台到贵由，到蒙哥，

我与长明四朝君主一直同在和林，

直到忽必烈汗时转到汗八里，

最后跟着妥懽帖睦尔再往和林。

妥懽帖睦尔，

就是史书上称为元惠宗的，

他被朱姓的民兵击败，

退出了中原。

惠宗之后是昭宗，

昭宗之后是益宗。

明国的大将蓝玉率军攻打北军，

一直追到捕鱼儿湖。

捕鱼儿湖，

就是拔耳偷窥阿伦沐浴的拜哈勒湖。
益宗的北军被歼，出逃大漠，
蓝玉俘获王子、嫔妃、宗室贵胄一干人，
又得金银宝器、怯怜及玉玺无数，
那玉盘也在其中。
蓝玉见名唤花人的妃子娟丽，
夜里带到营帐中饮酒，
席间将玉盘赐给花人。
翌日花人坠入捕鱼儿湖，
玉盘也随着她沉落湖底。

捕鱼儿湖的底处是满玉的地面，
我静卧其上，
在低地的凹处竟触到天体。
我落下去了，
花人浮上去了。
原来天堂也可以低于地线，
而阴间也可以高过头顶。

这里本就是我司掌的领域，
不论是水草、鱼虾，
还是龟鳖、水蛇，
都听命于我，

因我是木德岁星，

风雷雨雪从我而起。

一百年后，

有不里牙惕的渔人将我网起，

我进了桦树筑起的木屋，

我成为一盏灯，

我的盘身盛满鱼油，

由着莎草芯子点燃，

将猎人苦闷的长夜照明。

冬日里，外面疾风凛冽，

夏日里，绿原上虫鸣如歌。

这是神女阿伦下凡的福地，

是东方先人的故土，

云停时如群帐围绕，

云去时整日湛蓝。

那些聪明人去到长城以南了，

那些拙朴人留守在原地，

仍然不知玉的妙用。

然而北地也是群玉环绕的天国呢！

人即使不晓得盘算，

也在造化之主的福佑下繁衍。

又过了一百年，

有俄国人从乌拉尔山西面过来，

他们是探险的强盗和贩夫，

他们有一半的血也来自不里牙惕之后，

那是成吉思皇帝和窝阔台合罕征伐时带去的。

原住的不里牙惕人有愿意随着俄国去的，

也有愿意归顺女真人的——

这时候女真复入中原，

已经主宰江河之间。

那曾经网起我的狩猎人家的后代，

带着我去了山西。

我这时候依然是一盏灯，

在暮春落英缤纷的桃林深处，

为耕读的学子送光。

啊，又过了三百年，

那时灯油已将我熏黑，

曾经光彩照人的青绿莹洁全然埋没。

这是神主要我等候，

等候我的时代到来。

等候是一种隐居，

隐居并不是逃逸，

它往往是冷落与遗忘。

人间没有什么事物好过拒绝与唾弃，

在五百年的厌嫌中，

我体会到庇护与安详。

我那星耀璀璨的王冠哪里去了？

我那青霞和万寿之鹤的羽翼今在何方？

还有我那娇润的赤履呢？

多么好啊！

当你不失品质的时候，

那些彰显的外相又有何用呢？

原来上帝是这么福佑祂的所造之物的，

在权利与荣誉之外，

祂预备了乐园。

乐园是青灯孤照，

乐园是小家碧玉汲水的古井，

乐园是人趣味中流连忘返的曲径，

乐园是相爱恩好的花轿、扁舟和暖阁，

乐园在诗词章句中，

在初秋的松涛和溪泉中，

在眉间，

在指腹，

在相视又回眸的一刻……

有一家人的父亲对孩子说：

"你们去邻居家做别人的孩儿吧，

因你们的父亲贫困，

养不活你们，

而他们家的父亲待你们好，

愿意收养你们。

我不配做你们的父亲，

我将你们送给富人家，

是我唯一能做的。"

他的大孩儿听到这番话，

回答他父亲说：

"爹爹不必这么说话，

我们情愿与你一起饿死，

也不能做别人家的孩儿。"

父亲道：

"倘如是，

则是你们爱我。

你们愿意以仁爱与我相处，

那么，穷是不可怕的，

反而穷会害怕我们。

它是一个鬼，

没有什么鬼不被仁爱克服的。"

此时，我正埋在这家的杂器中，
夜里，我显现在大孩儿的梦里。
我对他说：
"将我身上的黑油洗却，
有强于灯照的光艳会亮出。"
他照此做了，
又将玉盘交给了父亲，
父亲将玉盘给了富裕的邻居。
他是一个诚实聪明的少年，
他因此得了学费去省城的中学读书。

富人家将我送到骨董店，
在那里我遇见了南方来的将军，
就是云芳阿婆的男人，
他花了重金将我取走，
送给他宠爱的人做一件信物。

有匪兵与将军的守城之师交战，
我落入匪兵之手，
几日后守城之师直捣匪巢，
兵卒夺回我时，
在路上不慎落地，
玉盘碎成两半。

云芳阿婆将大的一半拿去寻玉工琢刻，

雕成了一支玉杯。

这做杯的一半正带着玺上摔坏的一角，

这便成了有缺口的玉杯。

原先的握柄被掏深了，

我不再是浅浅的盛器，

我有了深载厚德的形制。

第十七首　澄澜物语之杯

一位父亲外出了，

将几个孩子交给客栈的老板，

为他们付了账，

食宿的，玩耍的，

得病医治的，闯祸赔偿的，

所有的账单他都签了字，

都预先承担了。

记得这账和父亲名字的孩子自由了，

那记不得的、也说不出父名的孩子没有人管他，

要自己觅食，自负盈亏。

有一个孩子碎了玻璃，

又将居室弄得脏乱不堪，

仆人将这事告诉老板，

老板找来这个孩子，

孩子提起他父的名字，

便免了他一切的不是。

人都惊异于此，

老板说：

"他的父亲先交付了，

包括一切的赔偿，

都先给过了。"

又有孩子饥渴了，

到餐厅寻饮食，

说出父名的被准许进去，

说不出的被拦在门外。

被拒进去的，

等那吃饱出来的，

就问缘故。

吃饱的告诉他们秘密，

说是提父名，记住父名。

被拒的孩子茫然不知，

他们互相询问：

"难道我们有这样的父亲吗？

谁的父亲会将孩子一生都赎买呢？"

这就是关于佳讯的故事。

佳讯记在各处的玉上，

也由我承载，

要传播开来。

原本旧玉的时代，

玉是一种特别的恩宠，

只给那些晓得其间秘密的人。

从张骞找到河源之玉开始，

新玉来临了。

新玉的意思，

是要将玉交给东方每一个人，

既不专属祭祀，

也不专属皇家。

在旧玉时代，

除了阿伦在拜哈勒湖东岸寻到的玉，

还有穆王从天女手中得来的玉，

另有我作为殊恩权柄加给龙子；

到了新玉时代，

万千玉脉从四周浮出地表，

又从我启开了第二道天命。

如今每一个民人都可拥有一环一佩，

啊，过去的恩宠，

荫庇嘉禾，抵御不祥，断知祸福，

这些都在，

只是又多了人子降世的讯息。

玉是一种匡正，

以它的属性指向律法：

温润指向仁爱，

颖栗指向忠诚，

坚韧指向英勇，

清越指向智慧，

裂不伤人指向纯洁。

人视玉而心悦，

心悦而渐渐由玉引领。

这些都是曾经约定的律法，

爱玉人必是守约者。

如今得玉的人似乎只晓得口彩，

不想即便是口彩也灵验，

因为口彩不是改掉曾经的约定，

也不是稀薄了原先的能力，

而是完全不周的律法。

这口彩是全恩的预兆，

正要由我揭示，

让东方全地都听到佳讯，

都得到全赦，
就好比被拒餐厅门外的孩子，
只消说出父亲的名字，
就可以获准入内。

我以杯的样子复现，
是一种沉降。
我还要降到罪中，
到地狱深处成为一环玦。
这好比人子先降入罪人的子宫，
从罪的深处上升，
给世人看全胜的历程。
这一切都是祂的真理，
向来以人可以读懂的方式叙述。

我曾被冷落与唾弃庇护，
现今又以杯的形制显露，
即便显露出来也仅是一个女子的信物，
但这些事情又要从玦口中传出，
等诗人记成文字深入人心。

广播的佳讯只有一条，
广播的名字也只有一个，

然而广播的见证却需要万年，

也需要天上、人间和地狱的广阔。

我负命传播，

然所播之佳讯存在于每一块玉中。

我不是佳讯，

我只是佳讯的传播之神。

祂要以我做见证，

给世人看我的所历所受如何因佳讯而先已胜出，

哪怕屈降为杯，

为器皿。

人谁不是祂的器皿呢？

祂在人身上做工，

要成全那唯一真道。

太初有道，

道与祂同在，

道就是祂。

这杯又是苦杯，

谁能喝这苦杯呢？

昔日人子匍匐在地向天祷告，

求祂将这苦杯移开，

但要按照祂的意愿，

如果须喝，则义无反顾。

苦杯的意思是罪价，

罪的工价乃是死。

祂将人起初以来直至万世之后的所有罪孽都归在

人子身上，

祂要让他饮下这苦杯。

所以，这杯又是圣杯，

因为苦杯是通向荣耀的途径。

按道的原理，

罪必然通向死，

有谁可以赎尽罪，

则死的魔咒必消散。

所以，听到佳讯的人永生了！

晋时有僧常乘木杯渡水，

人称杯渡僧。

杯渡僧可瘥人百病，

自可死而复生，

他死了又死，活了又活，

一直到唐代他还活在人间。

祂要我做一支玉杯，

302

将天意成象告诉你们。

杯，是一个字，

字是道的指代。

我等那写字的人到来，

将我写下来，

令斧子都砍不去。

在等待诗人到来的日子里，

我与云芳阿婆相伴。

然而，我已长久不显现了，

我每一次显现都是预先受命的安排，

我下一次显现要在诗人出现的时候，

那个时候不算久远，

但在人间还需要一个世纪。

第十八首　玉之根脉

（澄澜之述结束了。以下是王胜的笔记，依
然是诗体文，是他手稿的最后一篇。——作
者注。）

古人说，

岁星之精乃无根之玉。

其实，万玉都是天伸到地上的筋骨根须，

只是澄澜之玉走的是天路，

从天而降，直投人间，

并无地路的脉踪可寻。

这是天恩直垂的意思，

先是授君权柄，

再是广播佳讯，授权予民。

自此，民与天直接交通，

地与天终将不再隔绝。

澄澜之命要由谁来昭示呢？

在此命中之秘密彰显之前，

地路中的玉脉悄然浮出，

似是为众人预备好了入口。

在昆仑山，

自西向东绵延两千公里的山脉中，

从叶城到于阗，到且末，到若羌，

都有玉籽与山玉出现。

那里是古代天女辖领的西域三十六国。

在拜哈勒湖，

就是后来又叫作捕鱼儿湖的地方，

现在按照俄国人的叫法叫作贝加尔湖，

有大如楼宇的玉山子随激流冲下，

在萨彦岭的深谷中和悬崖上布满了玉筋。

罗曼诺夫王朝的末代君主尼古拉二世，

就是金卢布上有他头像的那位俊美男子，

也开始用贝加尔湖的玉料做彩蛋，

做宫廷陈设，做金枝玉叶。

在长城之北，

在东部大鲜卑山下，

就是云芳阿婆隐居的海城，

绕城而去的细玉沟中有玄黄之玉浮现，

那是古代叫作珣玗琪的夷玉。

珣玗琪是三种玉，

现在当地人叫作河磨玉、老玉与岫玉。

在朝鲜的春川，

就是古代貊国之都，

有青绿色的千年古璞露出地表。

传说貊大如驴，状颇似熊，

色白，多力，食铁，皮暖。

貊的本义是静，寂寞无声。

在台湾岛的花莲，

有一种墨绿色的真玉，

原本人们弃之如石，

新近有人发现古时岛民用来制玦，

其制直如阿伦的子民所佩。

在四川的沱江，

有一种碧玉，

颜色超过了于阗和玛纳斯的碧玉。

庄子曾言：

"苌弘死于蜀，藏其血三年而化为碧。"

如今这沱江里翻滚的碧玉籽，

难道真是苌弘所化？

又有江苏溧阳梅岭的玉矿，

还有湖南临武的香花玉，

广西的大化也产一种美玉，

璞身璀璨，有五色云霞缠绕。

又有贵州罗甸所产一种山玉，

色白无瑕，有瓷光。
昔日禺氏的领地如今又有玉脉隆起，
在今甘肃的马衔山、马鬃山一带。

有人在迪拜也寻到了玉，
在加拿大育空省有碧玉之精出现，
另外，在大洋洲毛利人的祖地，
也不断有碧玉被开掘。
毛利人的幼妇是第一位寻到美玉的，
所以，毛利人将这玉叫作"青衣"。

所有这些玉，
都不是代玉之珉，
乃是地道的真玉。
凡鲜卑人足迹所及，
似乎都有真玉显现。
玉国的万民啊，
如此盛大的福兆难道你们没有看见吗？
一夜之间，
所有隐没在地下的玉脉都生出来了，
它们似乎在接应你们，
似乎已然为你们打开了门户。
每一个得着真玉的人，

都将成为祂的子民，

都将在佳讯的全恩下得着全赦。

东方的民人啊，

你们的疆界或者只依着玉脉的走向，

由群玉围绕，

又由群玉开启天门，

连通天路。

啊，我的这番话，

并不是出自我。

我王胜何德何能呢？

我是唱宣卷人的后代，

我依着宣本知道的，

都是茶余饭后的谈资。

只因为遇见了玉玦，

玦中之精澄澜受了天命，

历经璞、璧、玺、盘、杯，

又从地狱深处来到甪直，

借着我的手笔将隐义宣讲出来。

神天择一个唱宣卷的人来做这件事，

原是用了我的宣白之技。

曾经宣卷的我，

如今在这里宣玉。

玉是东方最原初的卷本，

先民以玉刻出了第一个字，

于是有了后来像玉之字所书的无尽文献和典章。

玉啊，

贯通天人地，

也贯通前后左右、东西南北，

被文明和蒙昧同时隔绝的佳讯，

因着玉的贯通而传达了。

玉啊，

万书之书，

书约之源！

卑器不才，竟放明光。

诚匍匐感恩，

荣耀归于上天！

下篇　养孤记

前几篇都是王胜手笔，我加以整理成章。此篇之事，都是从王胜的侄子王瑞泽那里听来的，我按照王胜体诗传的方式记录下来，使文风前后一致。

第一首　甦醒

那石灰一样的玦是令人绝望的，
难怪卑思德乐会白送给安娜教授。
王胜得来，置于案前，
常呆视而轻抚。

这里是叫作甪直的古镇，
江水环绕，湖泊群拥，
镇子好似浅浮于水中的薄地，
雨中则地少水多，
雨后则地多水少。
江南像一张宣纸漂浮在水上，
居民都是字句，房屋是墨线。
光阴久了，
仿佛已被浸透，
时不时就要断裂。

玦的一弯细处也要断裂了，
这状态曾令卑思德乐不快，

他觉得自己都快要断裂了。

然而，王胜为此起了悲悯心。

悲悯心，

谁知道悲悯的力量有多大？

但凡喜怒哀乐打不通的关节，

但凡千军万马过不去的关隘，

只消悲悯一瞬，

就都融化了。

悲悯的人啊，

骑着甪从镇中走过。

那瞧见的人以为是戏场的妆扮，

其实真的是甪啊！

甪是一种独角兽，

这里的先民或曾见过，

在开天辟地的远古，

上帝造了双角的兽，

无角的兽和独角的兽。

兽是苦难的象征，

比人有更多的残缺，

那么多疼痛和悲苦扭曲了它们的身形，

人视之不忍，

常常联想到自己，

又麻木地猎杀它们，

利用它们。

兽啊，

背负着注定的残缺，

只好任由欲望驱使，

从欲望的满足中得着安慰。

上帝将兽和地上万物交给人掌管，

人因着与兽相近的欲望而常常大权旁落。

一些兽于是在人的权柄之外，

而只有悲悯可以召回它们。

悲悯是万权之权，

人怎晓得强力之反极是至力呢？

人又怎晓得何时悲悯会临到他内心呢？

王胜那时起了悲悯心，

这一刻独角的甪就来了，

站在他身边，

透光如芽的嫩角，

哀婉可怜的眼神，

这叫他无心去想真实还是虚幻。

他骑着甪出门了，

街上的人纷纷招呼他，

以为他为宣卷的场子在做准备，

或者驯养了一匹马，

披挂上神异的外表。

他出城到阳澄湖边，

午后阳光正好的时候出去，

一直到夜间月洒清辉的时候回来。

日月二光都照在玦身上，

因为古书上说，

古玉结阴阳二气之精灵，

受日月星光之陶熔，

但等甦醒过来，

有浮云遮日之美，

有舞鹤游天之丽。

他静卧朝阳的岸边等着，

细数日光的辉芒，

有几丝落进了玉玦；

又披星戴月于芦苇丛中，

看月光照到水上，

折射了多少水汽来滋润。

他的手偶尔抚弄一番，

像是将天雨地泽推送进去。

从春季到秋季，

王胜希望季节慢一点，

再慢一点，

让热缓缓过渡到冷，

让冷渐渐回复到暖。

他害怕枝头突然冒出新芽，

仿佛这样会惊着玉玦，

将那弯细处惊裂了。

啊，雷声响起来了，

他用棉被去捂住窗口，

堵住那隆隆不止的巨震。

他又将玉玦拴上绸绳，

放进用的嘴里含养，

拿出来时表面有了精光，

一转眼又浮出灰白，

还是枯涸的样子。

三年过去了，

他有点憔悴，

终于病倒了。

春天到了，

王瑞泽来看他，

搀他去镇口的桥上坐坐。

有女子手扶脚踏车，

刚吃罢一盏冰糕，

在桥头伫立。

她凝望扁舟远去，逝入天际。

她衣一款青衫，肤皙如雪，

他视之良久，女子报以微笑。

女子行走如云，翩若惊鸿，

问候间，似曾相识，说：

"先生不认得我吗？

我就是你日夜相守的澄澜。

我与你朝夕相处三年，

你这会儿竟不认得我了？"

"我不知谁是澄澜，

我家中并无女子。"

王胜诧异，目光随女子移动，

那女子似是转到王胜身后去了。

"你回家看见我就晓得了。"

再看时，已不见身影。

那脚踏车还在原地。

王胜回到家中，

想起出来时由着王瑞泽催促得紧，

忘记带上玉玦。

这时候急着打开锦匣，

一道宝光向他射来，

不觉心摇神晃。

原来是玉玦甦醒了！

那黑的、白的、红的污色全消，

只碧莹莹澄澈，

正视白润如酥，

侧视青翠欲滴；

那弯处曾要断裂的地方只留有一点缺口，

那面上不引人注目处隐约有个"天"字；

宝光焕然，夺人心魄，

视之娇脆，实则坚韧。

"那叫澄澜的女子定是玉神呢！

我瞧她神气与这玉玦光气一致。

为什么有这么稀奇的事体？

宝玉果然是有生命的吗？"

王胜对他的侄子说。

"我听说澄澜是木星之精的名字，

昔日和氏璧即是岁星所化。

这会是失踪的和氏璧复出吗？

不管怎么说，

美玉不负叔叔苦心，

终于脱胎了。

你往后有玉玦相伴，

我也放心了。"

王瑞泽说。

"她还会再来吗？"

是啊，

她还会再来吗？

王胜这时候不知道，

她不止是一个女子呢！

第二首 骑角的澄澜和骑车的王胜

他太想再遇见她了！

她会说话，

会吃冰糕，

还会骑脚踏车，

就跟时下明媚的青春女子一样。

他多么希望自己有这样一个女孩儿！

他去寻她的脚踏车，

他想那天她隐去时，

还留着脚踏车在桥头。

然而桥上空空的，

并没有脚踏车。

难道她不再来了吗？

他想，要是再碰见她，

一定要问问身世，

要促膝长谈，

或者恳求她不走了，

留下来一起说说话。

长久了，半世了，

王胜唱遍了所有卷本，

却没有人说话。

他无妻无子，

孤苦一人。

他在镇口开一个茶馆，

晨起研读卷本，

午后开场宣讲，

常常讲到深夜。

玉玦来后，

他已停了很久，

直骑着独角的甪去晒玉，

镇民不晓得发生了什么。

那一日，

他骑甪经过镇南的小巷，

见一个男孩儿从理发店出来，

后面追来剪发的师傅。

男孩儿边跑边说：

"你去镇口的茶馆，

找唱宣卷的王胜，

他是我爹爹。"

王胜诧异，

拦住那个男孩儿。

男孩儿似曾相识，

王胜却记不周详。

剪发师见王胜过来，

笑着招呼，又说：

322

"王师父哪里来的这么俊的后生？

不曾听过你膝下有孩儿啊。"

王胜转而问男孩儿：

"怎无端说我是你爹爹呢？

你赖账怎赖到我头上呢？

我何曾得罪过你？"

男孩儿道：

"爹爹真就转身不认得孩儿了吗？

我是澄澜，

那日在桥头遇见你，

不过才二旬。"

啊，真的是澄澜！

面目神情一点都不差，

只是为什么变成了男儿身？

正这么想着，

男孩儿不见了。

王胜付清了剪发钱，

匆匆骑着甪便回转去。

这回他是故意将玦藏好在匣子里才出来，

他想上次遇见澄澜不曾佩玉外出，

这次不携着出来或者有缘再遇。

果然遇见了！

可是，为什么是个男孩儿？

玉玦静躺在锦匣中，
有一丝流光转动，
仿似男孩儿钻进去了，
真的回到了里面。

王胜想，
倘是个男孩儿也好，
他肯出来陪他说话就好。
可是，为什么来了又隐？
如何能随唤随到？

他将这事告知王瑞泽，
瑞泽说，怕是要去问问懂古玉的行家，
又说不可告人玉玦在手，
只问藏玉见神的稀奇事。

王胜为此去到苏州，
从碾玉坊中得知一二。
人说枯玉有伤，
神出又隐，是求治求养，
要每日人乳蒸玉，

从婴孩时缺的给起，

给足了，自然就好了。

哪里去得人乳呢？

他无妻无女，

也不好寻刚生子的新妇讨要。

这事愁坏了王胜，

他一筹莫展，

终日苦闷。

不得已寻来牛乳，

将牛乳放在锅底，

上面放了蒸笼，

铺展纱布，

将玉玦置于纱布上，

然后盖上，

然后文火慢蒸。

如是一日三次，

日日不敢怠慢。

到了三月三上巳日，

王胜晨起时见后园花树下有倩影摇曳，

便出门去看，

看到有女子著轻裳，蹬赤履，

正在树下采花。

心中问：

"此番又是澄澜来临吗？"

细端详，见新发初剪，

分明男孩儿的面庞，女孩儿的身子。

"爹爹今日起得晚，

今日是上巳节，

孩儿要沐浴呢。

我采园子里的花，

一会儿拿去沸汤。"

澄澜道，

"感谢爹爹每日以乳喂养，

我这会儿身子健朗了，

日后可常伴在爹爹身侧，

跟着爹爹学唱卷本。"

王胜心中欢喜，

不知如何应对，

只说好，好，

并再说不出别的话语。

人说古玉脱胎，

意思是脱尽凡胎，宝光涌现。

宝光是什么光？

就是宝石的光，

有见过美玉带着宝石的光吗？

新玉固然没有，

但古玉复活了，

既有玉本来的光，

又带着一切宝石澄澈的光。

木精原有星耀的王冠，

有青霞和万寿之鹤的羽翼，

有深海珊瑚色的袜履，

如今骑着人间的脚踏车，

罩漆黑的轻裘，

内里著青绿的短衫，

馋嘴时要吃一盏冰糕，

只是美靴是朱赤的，

啊，这并不是沾染了凡气，

这是将凡间的时尚升华。

她，他，

需要一点点人间的遮蔽，

好沉沉地落地下来，

让人们看见宝光，
却不至于把人的眼睛刺瞎。

现在，
王胜有了甬和澄澜，
他把甬让给澄澜骑，
自己骑着脚踏车。

就这样，
骑甬的澄澜和骑车的王胜，
他们驶进了镇民的生活。

第三首　云上王师父

自澄澜复出在园子里撷花后，
那脚踏车也随着来了。
脚踏车放在园子里的凉棚下，
与人间普通的脚踏车无异。

"你是哪里弄来这脚踏车？"
王胜问。

"它是我向来的坐骑，

在天上是云，

在人间是脚踏车。"

澄澜说。

"怎会是这样？"

"天的时空与地的时空不一样，

云在天上是漂的，

在地上是凝的。

你看玉体中沁色，

与云霞无二无别，

然玉中云不动，

天上云往来不止。

既玉与天同体，

何故如此？

天与云在上面是气，

渐往下则稠，

先成雨雪，

再往下成膏汤，

到地上便凝固成结。

这都是时间的关系，

天上一日等同人间千年，

云在天上走不过分秒霎时，

而玉中云霞移走一分，

却需要三年五年。

这都是地上的时间慢的缘故，

肉身沉滞，

动静行坐都吃血拔力，

但人心与天同时，

可飞跃千里万年。

是故，

心腾跃起来，

就可以驾云；

心坠落到肉身中，

就只好骑脚踏车。"

"如今火车跑得那么快，

飞行器都赶得上日月的速度，

是否骨肉都要松软，

化到云天中去了？"

"那是人的强力所致，

上天造人，令栖居大地，

人怎可飞起来呢？

那样寿数就会减少，
病痛就要增加。"

"相反，神落到地上，
是否也有灾难？"

"神鬼显形，
只需要一具肉身，
有的是虚相，
有的是真身。
玉神之身是真身，
你忘记你用日月之光和牛乳之气喂养我吗？
从快的到慢的，
从高处坠落低处，
那都是顺乎天理的，
所以，不如多多夸耀软弱，
认软服输的，
都得神天照应。"

"我骑你的脚踏车会飞起来吗？
会走到云上去吗？"

"它随你的心意驾驭，

自会升为云霞。"

"这多美啊!"

"可是人会解释这现象,
叫作超现实主义。
人会说王师父学了西洋的现代派,
将一种手段应付在宣卷中。
所以,脚踏车是一种主义,
是我来前先替人将真实的现实了。"

"他们太没想象力了!"

"上天只给艺人以想象力,
好让艺人在过去的时代做祭司,
在当今的时代安慰人的苦楚。
艺人都有神职,
没有艺人的世界是苦难无尽的。"

"你会随着我唱戏吗?"

"这正是我的使命。
我来寻爹爹,

正是要将佳讯广播四方。
你为什么是宣讲人？
为什么得着玉玦？
我身怀佳讯，
却不知如何宣讲。
我要向你学宣卷的本事呢！"

王胜由此听澄澜讲玉的身世，
这是他在所有卷本中闻所未闻的。

啊，玉玦到了王胜手里，
原来是有预备的！
上帝是要叫宣卷的艺人，
来宣扬全恩的佳讯。
宣卷，宣卷，
本是宣道。

镇子里的人看见王胜在云上走，
看见他的两个孩子骑在用上走。
人们看得见两个孩子，
一男一女，
而王胜只看得见一个，
或男或女。

"他是从哪里弄来两个徒弟？

女孩儿貌美，男孩儿俊逸。

这不会是他的儿女吧，

没有听说过他有女人，

莫非他的女人在外埠？

孩子养大了送回来？"

镇子上的人闲言碎语，

见着他又远远地嚷，

"王师父，

你好福气，

你的孩儿这么大了，

预先也不告诉我们！"

他们这么嚷，

是因为王胜在云端里走，

飘在他们的头顶，

一会儿在岸这边，

一会儿又在岸的那边。

人们管做工的叫师傅，

管学堂里教书的叫师父。

师父者，一日为师，终身为父。

镇子里的老人是不去学堂的，

他们在茶馆里听宣卷长大，
一切的学问都是王胜唱出来的，
所以，他们将宣场看作学堂。

自从王胜骑上脚踏车，
骑着骑着，心意飞扬，
就直上云霄，在云上驰骋，
人从此叫他"云上王师父"。

云上王师父在云端高拔声腔，
云下骑角的他的孩儿便应唱相和，
一领一和，或一问一答，
声震林木，响遏流水。

镇上的人问王师父，
女孩叫什么，男孩叫什么。
王师父答，
女孩儿叫澄澜，男孩儿叫清凝。
于是，镇上的人称师徒三人为"清澄班"。

清澄班在角直一带渐渐有了名气，
四方来听宣卷的人越来越多，
玉的故事就这样流传开来。

第四首　进花园调

五月初五，

镇北司马家有女儿插笄，

王胜去唱"进花园调"。

去时只带了澄澜，

师徒二人击磬子、打碰铃而歌，

曲淡音悠，讲唱委婉。

时有清风送荷香，

一阵清香送来一人，

先是送来男孩儿清凝，

又风起香至，

来了一班散花女，

阵阵清香，

来人不断：

长老、武士、君王、书生，

按行当排列，

令人目不暇接。

一时间堂屋装不下，

唱的，演的和舞的，

一路蜿蜒到园中。

先是吃酒的宾客都围过来看了，
接着司马的邻居也凑来助兴。
这时候，
不单是磬子、碰铃撞响，
渐有了铙钹、铜锣，
又有笛箫竹管隐起，
一折戏罢了又起一折，
再起时又有丝弦加进来，
人听得如痴如醉，欲罢不能。
一层观赏的，一层戏班，
看的、演的层层交叠，
从司马家到街巷，
从街巷到水上船头，
又从船头到对岸，
直惹得外乡人也进来，
半天时间里，
甪直镇人山人海。

有远方来的，
从楼上餐馆推开窗，
指着一班小生说：

"听哪，他们居然会说我们乡里的话！

他们不曾到过我们那里，

也不曾从我们那里长大，

怎就会我们那里的乡谈?"

又有外乡人说：

"真正稀奇呢！

另一班人说着我们的方言！

这边说北人的话，

那边唱南人的调，

这是什么戏班?

竟会说各地的方言?

他们又是怎么合到一处的，

听起来那么曼妙顺耳?"

有外国来的游客穿梭其中，

也听到了他们本土的地道乡音。

然而王师父看不到这些戏班人头，

他只见观戏的人纷至簇拥，

他热得脱去了长衫，

与澄澜二人搭伴敷衍，

一出唱罢，复起一出，

文的演了，又演武的，

进进出出，扮了千军万马。

那一日，

看过的人回去说：

"阳澄湖上，云分四层，

层层优伶列队，群唱轰鸣，

洋乐的和地方文武场的交错在一道，

每一声起，都有金光射来。"

曲终人散，

父女回到家中。

王胜对澄澜说：

"今日尽兴，

我从不曾唱得如此疲惫。

看的人那么多，

真不知是从哪里冒出来的。"

那日也请了王瑞泽来，

他用相机拍了里外场面。

瑞泽放出录像给王胜看，

王胜看得目瞪口呆，

"这是清澄班吗？

你是哪里摄来的魂魄？"

"叔叔不知今日盛况吗？
难不成你不晓得群角登场吗？"

王胜又细看录像，
认出了每一张脸都是他扮过的角色。
"我扮的、唱的，都真的来了吗？
戏里的，怎就真的来到眼前？"

澄澜这时已隐入玦中，
叔侄二人看那玦口，
似有所悟。
瑞泽道：
"玉中有精灵，
我听说，
古人环上开口，
是为闻耳所不能闻，
为见眼所不能见。
难道叔叔唱'进花园调'，
真是进了玉中仙境？"

"她真是玉神啊！"
王胜说。

"叔叔果真看不见二人吗？

分明是两个，

一个男孩儿，

一个女孩儿。"

瑞泽说。

"我只看得见一个，

要么是女孩儿，

要么是男孩儿，

一个身形，两副面貌。

我见男孩儿面貌就叫他清凝，

见女孩儿面貌就叫她澄澜。

他们实际上是一个呢。"

"一个带出一个，

澄澜可化身万千呢。"

"倘真是木星之精，

她管着的精灵岂止万千！"

"这到底是宣卷的魅力，

还是神灵的威力？

我要拿这录像去给学校的老师看，

请教他们，弄清究竟。"

瑞泽真的将录像拿到学校里，
我也看到了，
所以，记在这里。

看这段"进花园调"，
我想起了经上的话：
"我若能说万人的方言，
并天使的话语，
却没有爱，
我就成了鸣的锣，响的钹一般。
我若有先知讲道之能，
也明白各样的奥秘，各样的知识，
而且有全备的信，叫我能够移山，
却没有爱，
我就算不得什么。
我若将所有的赒济穷人，
又舍己身叫人焚烧，
却没有爱，
仍然与我无益。"

所以，我想，

澄澜的到来，

不是因为方言和阵仗，

乃是因为爱。

玉是仁爱的样子，

造化令木星之精居于玦中，

是因为木德仁爱。

万木青葱、玲珑、生发、峻拔，

却从不杀生。

第五首　拜师

一日，王师父去修月琴，

回转时已近黄昏。

入得厅堂，

见八仙桌上盛器周正、菜肴有序。

两双筷，两盏杯，两只碗，两片碟，

有浓汁烤麸、糟醉熏鱼、白切肚儿、水晶羊羔四样凉菜，

又有清炒河虾、葱爆蹄筋、芹菜牛柳、酱烧素鸡四样热菜，

中间放着一盆银鱼羹，
桌缘立着一坛老酒。
澄澜服侍王胜坐稳，
给他斟满酒，
扑通跪下磕头，道：
"后生澄澜，
感恩先生收留养育，
承蒙先生允纳门下，
愿执弟子之礼，
谨遵师教，传承文艺。
愿先生不弃。"

王胜有些恍惚，
又有些羞怯，
他半生行走江湖，
不曾收过徒弟，
眼下澄澜诚意拜师，
匍匐不起，
令他无所适从。

澄澜道：
"师父不收则不起。"

王胜于是挽起澄澜，说：

"你那日引来众仙子，

弄歌舞，演故事，

气势非凡，令观者眼花缭乱。

论唱念做打，

唱吟，声震云霄，

念白，鞭辟入里，

做工，出神入化，

武打，迅如电光，

如此翻手为云覆手雨，

还需跟我学什么？"

"澄澜差矣！

那是天赋神功，

非我本来身手。

那日演到兴致高昂处，

竟不能自已，癫狂抖擞，

已然闯下大祸。

上天惩罚下来，

令我思过。

澄澜愿意拜人间师父学艺，

一点一滴，步步精进。"

"凡间的手艺有甚可学？

都是不得已讨饭吃的营生。

澄澜贵为木德君，

拜我一介俗子为师，

我怎受得起？"

"人神皆由天造，

都有不周之缺，

就像这环玉玦，

虚位以待，方可立身。

人初造孽，

遭了天咒，

须劳苦毕生，

从地中讨吃得食。

神灵皆出自人之精，

大能则罪莫大，

既降到人世，

则亏欠更多。

那脚踏车是会骑坏的，

即便是云儿也会消散。

天遣我来，

于此世显身，

是要我以人的位阶来见证天道。

天道先已全胜，

何惧凡俗悲苦？

与先生学唱宣卷，

乃是借着人的技艺广播佳讯，

这是人的功德，

神功岂可替代？"

"上天既赋你大能，

如那日显出奇迹，

叫凡夫常人得见，

这样一唱千和，

不是传得更远更甚吗？"

"人依着奇迹，

多坠于懒惰，

又从此反与奇迹隔绝，

以为与己无关，

以为神能而人不能，

这便愈加小信。

昔日人子来临，

屈降到女人腹中，

为的是见证肉身成道。

肉身可成道，

肉身必成道。
倘人算出自己的亏欠，
晓得亏欠太大无以偿付，
必求救恩得全赦，
才认了人子，
靠着人子得救赎，
此即信心之源头。
人子死而复活，
担负了先前和未来的一切罪孽，
这就是佳讯。"

"啊，我由你听闻了这讯息，
我此生便再无虞虑。
我卸了人世的重担，
跟随你因信称义，
难道你不是我的尊师吗？"

"澄澜兴起而已，
并不晓得那日自己做了什么。
这般随着性子乱来，
实在是傲骄使然。
我听说上古大神，
在凡间都有师父，

你待我恩重如山，
医我玉病，修我朽身，
呵护有加，视同己出，
我在人间有一个父亲，
又有一个老师，
这多好啊！
这是神天恩赏的预备，
你我怎可违命？"

"神天真的托付重命于我？
要靠着宣卷来广播佳讯？
我能做的，
比起你能做的，
真是不堪相量！
你反倒要拜我为师，
用我的浅杯来丈量海水？
这是怎样的圣工啊！
真是太稀奇了！"

"我在岁星上能见到的，
师父固然见不到；
而师父在宣卷中见到的，
澄澜闻所未闻。

这就是澄澜的凡缺，
那玉玦的缺口，
便是天垂之象。"

"你说的都是真的吗?"

"日后有人会记下来，
记下来，传出去，
就是真的。"

果然有人记下来，
我不是正在记下这事吗?
我写了，就是真的，
而你们不正在读着吗?
是谁要叫我记下来的呢?
为什么要我写这事呢?
为什么要我这样写呢?

澄澜说罢，
正襟落座，
师徒二人碰杯饮酒。
这一夜，
堂中之酒不醉人，

却醉了堂外满树桃李，

又碎了巷外一江明月。

第六首　财富的秘密是这样的

爱，大于大能，

能叫无知的全知，

能令薄技者得权柄。

倘将自己放下来，

坠到底处，

那么，

你也行，我也行，

即便人间情爱也终将不坏。

那些时日，

澄澜坠下来，

在角直做一个人间的孩儿。

做人是一件易事吗？

做神的本事在做人这件事上，

一点也派不上用场。

那些时日，
澄澜还不会做人。

镇上每一户依水而居的人家，
门前都有一个埠头，
埠头边有石梯伸进水里，
来往的船只靠停时，
好让人顺梯上下。
啊，那个王师父家的男孩儿，
他总是赤足坐在最低一级梯子上嬉水，
玩累了，就睡着了，
任雨水飘打在身上也不醒。

中市有长长的廊棚，
贩夫在那里设摊，
闲人在那里吃茶，
王师父家的女孩儿啊，
她身著漆黑轻裘，
内里穿青绿短衫，
蹬一双朱赤靴履，
她是那么美艳，

不可方物，

然而，她竟不穿裤子的，

下身光光地骑在独角的甪上面，

她像鲜花一样，

娇瓣袒露，

灼烧人的眼目。

她远远地来了，

人都快快地闪了。

那妇人抱起婴孩躲进屋里，

开一条窗缝惊诧地看她；

那商人也不做生意了，

直迅捷地上了门板；

还有那些闲人，

吃到兴头上的点心都舍了，

转身就钻进巷子里，

头也不敢回一下。

廊棚里只剩她骑甪而行，

有雨飘进来，

打在她脸上。

她是多么喜欢这里的雨，

她故意行在廊檐下，

好叫斜雨对着她。

沾着雨露的洁白身子光在外面，

人间的女孩儿哪会这样啊！

真是太没人样了！
澄澜还做不成人，
只是活生生降到人间，
却并没有人的身份，户籍。

那些时日，
住在镇上和经过镇子的人都静静看着，
看王胜家里添了黑户，
年龄不详，长相不变。
多少年过去了，
小孩子都长高了，
澄澜怎会还是起初刚来的模样？

王师父喊吃饭了，
进屋的是男孩儿清凝。
一碗豆子，
一碗小鱼儿炖豆腐，
清凝从碗口翻到碗底，
吃一粒豆，
咽一口米，
筷子忽而悬在半空，

忽而又伸进饭碗捣。

王师父说：

"快点吃，

不要凉了，

凉了进肚里不好。"

清凝也不作答，

依然心不在焉。

王师父又说：

"菜不好吃吗？

我给你拿一个咸蛋来。"

"咸蛋苦咸苦咸的，

怎么下口？"

清凝道。

"腌了一月二旬了，

还拿出来在窗台上晒过，

蛋黄都出油了，

可口得很。"

"不吃了，不吃了！"

清凝将筷子往桌上一拍，

起身直去外面埠头上坐着。

"一日三餐，

足食足菜，

怎就惹你不快?"
王师父跟出来问。

"无肉无大牲，
成天弄点花草敷衍，
也叫吃饭吗?"
清凝将一口缸踢入水中。
缸里积水有半
缸口落水正好朝上，
便随流漂去。
他望着缸，又道，
"我又不分吃你的，
我来，自携着粮资。
不信，你看这口缸，
它漂去装金银，
装满了自就回转来。"

师徒便无语，
风里，
泡桐花旋坠，
片片肥雪，层层交叠，
覆了一水的屋、桥、路、人。

半晌，

那缸从水的另一头下来，

花瓣簇拥着，

前迎后涌地，

缓缓停在石阶旁。

清凝指着缸说：

"看吧，

黄的，白的，

应有尽有。

你自取用无碍。"

王师父看见，

果然有一缸的财物，

重得搬不动、移转不得。

清凝也不理会，

独自回去房中。

王师父想，

真是大神寄养寒舍吗？

真的自用自带来？

如此看来，

真是多有怠慢了。

他只好一锭一锭地取出来，

装了九九八十一盒，

又一盒一盒搬进屋去。

取走了财资，

那缸并未空去，

依旧积了半缸水，

还是放在原处。

之后的日子都靠着这缸，

取不尽，用不竭，

殷实了，富裕了，

人家有的，这家都有，

人家没的，这家还有。

然而有一个声音从内心发出来，

它告诉王胜说：

"只取所需，切勿贪想。"

是啊，够了就可以了，

为什么还要更多？

他要饮半江，

她要著云羽，

上天都应允许了，

多一滴一丝也不能要。

事情果真是这样的，
想要的，就会来，
来的，与价格不差分毫。

还有什么比这福恩更盛呢？
人总要自己消受不了的，
有了还想有，
结果一世贫苦，
临终还欠了账。

原来，
财富的秘密是这样的。

第七首　有钱能使鬼推磨

"哈哈!"
王师父大笑，
抑制不住地大笑，
前仰后翻地大笑，

"哈哈！

这般多资财用不尽，

何必再辛苦唱宣卷？

我王胜一生唱宣卷，

只为讨得一点营生，

谋得些许待遇。

如今有了这口缸，

吃不尽，用不绝，

谁个营生有这好？

谁家待遇比我优胜？"

王胜这便撤了"清澄班"的牌子，

打发走茶房、帐房和跑堂的，

垂下遮阳的竹篾帘子，

告一声"打烊了"，

"歇了"，

"再无宣卷听了"。

斜阳将沉时分，

澄澜从上海回来——

她是去上海的街市上买行头，

回来见此情状，

惊诧万分。

"怎就撤了牌子?"

澄澜问。

"往后再无宣卷唱,

我与你共享福乐。

你也不必吃苦学艺,

不必早起晚睡练功读卷。"

王胜道。

"爹爹此念大荒谬。

你怎忘记我为何而来?

宣卷是你我缘分,

今日断了宣卷,

你我缘分也就到头了。"

"你是我一环心爱之玉,

我养活这玉,

你出来报我。

儿不闻人养玉三年,

玉还养人一世吗?

这才是你我相处缘分,

天经地义。"

"我真是又愚又笨，

后悔那日出缸中财物与你看，

你要是没看见，

怎会生出这般荒唐念想？

那缸中财，

不全是我的，

也有你的，

都在我师徒尽心研习宣卷，

神天才恩赐下来，

令我们好只管传唱，

不旁骛活计营生。

这是一个道理，

师父怎就参不透？"

澄澜说着，

又拿出从上海买的货，

"师父可看见这些？

这是一对钻石耳珰，

要六千金；

这是蝴蝶盔，

缀了雅姑、空青和真珠，

要万千二百金；

还有玉带、氅子、蟒袍、云肩，

362

统共十万八千金。

那日缸中取得资财，

今日已去掉大半，

剩下的不够你我半月开销。

你养我岂止三载？

你命中养我一世，

日日不可断供，

断一日，

澄澜则魂消矣！"

"我哪来千金供你买宝？

你一副耳珰，

可换百姓一生吃用。"

"在人一生吃用，

在我不过一星花缀。

谁叫爹爹养了披云戴霞的澄澜，

星月雨露，猩唇豹胎，

凡天地精华，

在我只是日用平常。

你没有看见我饮了半江的酒吗？

你不曾亲见我吃尽半扇牛肋吗？

然而爹爹实在不晓得，

澄澜降世，

别人养不得，

唯独爹爹养得起。

怎就养得起呢？

爹爹不晓得那缸，

正是由着爹爹教唱宣卷得来应许的。"

"唱几本宣卷，

须得那么贵？

我半世唱来的门票钱，

都还不足你半截水袖！"

"你曾经敷衍的，

是人间烦恼，恩怨情仇；

你如今宣唱的，

是玉载佳讯，完备恩典。

人买了田，买了屋，

买了教养，买了名望，

更有甚者，

买了权柄，买了尤物，

可有几人买得此玉，遇我真身？

千古帝王为我征战，

亿万白骨高筑祭台，

那万君之君的皇冠尖顶都载不动我的分量，

如今却要我投在你门下做学徒，

师父难道不想你的来处去向？

我是你的见证，

你是玉的见证，

玉是佳讯的见证。"

"果真由我带来无尽财富？"

"你带来你的，

我带来我的。

既将玉玦交付你，

必有养玉之泽出自你。

天但保守至尊至贵于隐秘处，

叫利欲熏心的人看不见，

也叫至尊至贵者自己不知晓。

昔日我隐沉大漠捕鱼儿湖底，

又作为狩猎人的灯，

后来又随云芳阿婆去了海城，

这都是天的保守。

天要保守一样东西，

总是先让人认不出来。

啊，你的无知原先是莫大的保守，

啊，倘你遇见我依然无知，
便是莫大的心昧和黑黯。"

"我既是保守的至尊至贵，
怎就心昧又黑黯？"

"人曾将我熏黑，
又投我在堆放杂器的屋子里。
我也曾黑黯。
但凡入世，
没有不蒙灰的，
蒙灰的必要黑黯。
你为什么唱宣卷？
为什么又谱写诗章？
怎就遇见我？
何苦蒸晒养护我？"

"那不过是一点嗜好。
遇着你又得了一些安慰。"

"那嗜好给你营生，
那安慰令你充裕。
人间最贵的莫过于嗜好，

有几人因己嗜好而得养？

人间大幸又莫过于安慰，

有几人苦作一生得此安慰？

人本钟情而终将背弃，

人本辛劳而难逃亏欠，

唯恩福降临而合满，

唯天慰苦身而丰足。

师父啊，

我要祝贺你，

你的嗜好不泯，

你又因安慰生出悲悯心。

但凡悲悯心来到，

就是神天来到了。

天派你使命，

资财又算得上什么？

为了这伟工付你的工价，

岂是你人智可以计量的？"

"原来我曾经做工只需一分，

如今做工用得上万金。

一分抵工与万金抵工，

都是为了做工，

并无做工以外多出的分毫。"

王胜说到这里，

心绪终于平静下来。

原来生活依旧平常，

并没有什么大起大落。

这样丈量得失，

人于是领受到真福，

心中充满感恩，

愈加体悟到玉玦的大美。

天的道理从来就是公平无差的，

那么，钱多钱少又有何妨？

从此，钱再也动不得王胜半步，

而是王胜动钱、用钱、驱使钱。

有钱能使鬼推磨，

这话一点也没错，

只是别让钱将你当作磨来推。

第八首 王胜论夫子

王胜设帐讲课，
园中香室用作课堂。
教学与人间学堂中无异，
有入园人见少男少女并排而坐，
唯独王胜只看见座中一人，
今日授清凝，
明日授澄澜。

王胜论到夫子，说：
"夫子被困陈蔡时，
子路问，
'君子也有穷途？'
夫子答，
'君子虽在穷途，
却不似小人乱来。'
夫子所言，不过是法则。
他说，
'千里马不在其力，

而在其性。'

也是法则。

他说，

'谁能不由门而出屋？

但你们为什么就不从我这道走呢？'

也是法则。

他说，

'人活着是因为正直，

而因为欺罔也活着的，

只不过是幸免于难。'

也是法则。

夫子钓鱼，却不撒网；

射鸟，却不覆巢。

这依然是遵循法则。

他说，

'民可使由之，

不可使知之。'

这还是法则。

谁可以去教化人呢？

谁在上天面前不都是一样的呢？

你驱使他是命定，

你教化他，改他心意，

你岂可自做上帝？

他还说，

'好比造山，

还差一筐土就成了，

他却放弃了，

这样的人，

我也放弃他；

好比平地，

哪怕只盖了一筐土，

他却进取不息，

这样的人，

我便支持他。'

这话也还是法则。

夫子谈及颜回，说，

'可惜啊！

我只见到他进步，

未尝见到他止步啊！'

这难道不是法则吗？

人难道可以由着自己完善吗？

谁人无过？

谁人不是软弱的？

谁人不是在大罪中活着？

你见过劳而不息的活物吗？

夫子说，

'父为子隐，

子为父隐，

直在其中矣。'

父子相为庇护，

祂不是这样对我们的吗？

当然，这肯定是法则。

又说，

'若不是足以致富的路，

却削足适履而践行，

不过自异于命而已。'

自异于命有什么益处呢？

违逆着人本来的命运而行，

非要按着世间贵贱沉浮，

怎不是苦中之苦呢？

所以，这些话都是法则。

夫子絮絮叨叨，

人以为都是只言片语，

实则以象示意，

说的都是天矩中话。

神天差他来宣讲，

他弦歌诵唱一生，

他是我们宣卷人的先师。

啊，人在世上，

是要循着道理的，

这道理不出自人，

乃是出自造化。

夫子讲人伦，

是按照那时候的实际；

如今时尚变了，

谁听得懂天序的密语，

来告诉我们此间的人伦？

有人说，

'女孩儿，你好漂亮！'

你该如何作答？

你睥睨他一眼，

还是羞得寻个地洞钻进去逃掉？

有人将没人做的生意给你做，

你又窘迫、实在不做不行，

你该如何回应他？

又有人替受辱的母亲报仇，

杀死了冤家，

法官该如何判案？

这些都是人伦，

如今没有人能作答，

人荒疏了这样的学问，

实在就是偏离了法则。

做人须有人的样子，

人间的道理本该对应天上的道理。

宣卷人是宣秘人，

佳讯的公理要由着人伦的私验来作证。"

澄澜听懂了师父的话语，

于是穿上裤子。

师父又说：

"夫子论到志愿，

令弟子各言其志。

有要逞勇的，

有求名利的，

也有想做大祭司、小司仪的。

这时有一个叫曾皙的说，

'暮春时节，身著春装，

与几个大人小孩一起，

到沂水中沐浴，

登舞雩台临风，

然后，

一路歌咏，

一路回家。'

夫子喟叹道，

'我与曾皙同志啊！'
这话不是避世逍遥之言，
这话的意思是顺从天意。
人有自由志愿，
倘顺了神天志愿而行事，
方得天助，
获喜乐无限。"

师父问：
"子曰'君君臣臣父父子子'，
澄澜可知其义？"

澄澜道：
"不过是花花草草江江河河。"

师父喟然赞叹：
"起予者商也！
始可与言诗已矣！"

澄澜道：
"啊，原来做人，
并不是随意狂骄；
所谓随性而为，

乃是依着天序。
各样性情本是连在一起的，
互相牵扯，也互相生养，
它们自有来源，也必有去向；
居其本位而行，
方得自由通达。
澄澜在神格中看一番天地，
在人格中又见另一番天地，
万变不离其宗，
万法不出其道。"

作为玉神的澄澜，
忽然读懂人间玉字的写法，
天地人三界贯通，
上帝赐玉给东方，
令不隔绝，不分离，
一切时间的速度，
一切空间的宽窄，
卑至草芥，尊至日月，
每一个方向都朝着真理。

第九首　王胜论道

秋天到了，
肃风起来，
澄澜午后卧睡窗下，
着了风凉。

王胜调药做汤，
在汤中放一片桐叶，
谓 "一叶知秋，
治秋病以叶做引子"。

澄澜问故，
王胜道：
"四季外感不同，
春在风，夏在暑，
秋在凉，冬在寒。
落叶先知凉，
可引药归经。
此乃同气相投，

天道是也。"

"天道亦于桐叶中?"
澄澜问。

"天道无所不在,
在蝼蚁,在稗米,
在瓦砾,在屎溺。
异名同实,其指一也。"
王胜答。

"弟子愿执人器窥天道,
请师父细说。"

"天地固有常,
日月固有明,
星辰固有列,
禽兽固有群,
树木固有立。
此即天道矣!
然而,有天道,有人道。
顺从而低下颈项,是为天道;
奔走而困累于世事,是为人道。

天道主宰，人道被主宰，

以人道取代天道，是为傲骄。

古代圣人被褐怀玉，

粗茶淡饭，衣衫褴褛，

却守着美玉直达天听；

不以生为喜悦，

不以死为憎怨，

凄然似秋，暖然似春，

以为生死贫富有如四季，

死是生的一部分，

贫是富的一个阶段，

既然生死互为母子，

贫富互为师徒，

人生还有什么忧惧呢？

那时的真人，

心气沉稳，

吸，发自脚跟，

呼，达于天际，

生命盛衰与神天的意志相和。

而如今的众人，

只不过以咽喉呼吸，

视己之身为寰宇，

囚己之身于世间。

在人看来，肝胆相邻却犹似南北地极之遥，

在天看来，肝胆五脏气血百骸不过一般尘土。

不同都是指着相同，

相对都是指着绝对。

然而，绝与同的一，

是万物不同的起源与终结，

发自高于我们的唯一天神，

在人在神鬼，必以保守不同而存在。

存在，即是性情不同的相处，

倘于存在中求相同，

则性泯而身灭。

是故，

没有大同世界，

这世界的本来面貌恰是大不同。

枯枝一枝燃一枝，

烧尽了自己，

却将火光传下去，

并不晓得自己已然成灰；

野雉十步一啄，百步一饮，

不求蓄养在笼中；

给猿猴穿戴周公之服，

它必咬碎撕裂，

尽去而后快；

凫胫虽短，续之则忧，

鹤胫虽长，断之则悲。

天地间万物都是按照上帝的意思铺排的，

岂可由着人的意思改换本来？"

"这些话听起来真美妙！

人原来是这样看天的，

我做神的时候居然不知道。"

"那都是古远时候道人说的话，

道人后来沦为方士、术士，

渐渐也傲骄起来，

拿一窥之见想衡量天地之伟。

他们不是将忽必烈汗难住了？

你跟我提起过大汗向孟高维诺的请求，

希望派一些道术更高明的教士来，

以更高的道术来广播佳讯。

如今这大道术来了，

被叫作科学。

科学也是相对的，

岂能高过绝对天道？"

"天理原来那么精妙！

大到天上而无终结，

小到地上而无遗漏。

广广乎，无所不容，

渊渊乎，深不可测！

哪怕我如今做了人间的少女，

也在上帝的羽翼下得看顾，

祂并不曾一刻离开我。"

澄澜赞叹不已，又对师父说：

"师父尽可再讲一些给我听，

这样论道，是澄澜从未听说过的。"

"天鹅为什么并不每日沐浴而白？

乌鸦为什么并不每日曝晒而黑？

神天已将万事运筹完备，

人何必自作聪明，背道而行？

鱼儿于陆上的车辙中将干渴而死，

这时候相濡以沫，同病相怜，

倒不如早先在江湖里各自徜徉、彼此相忘！

说虎豹也有仁爱，

人竟不如野兽。

虎豹之仁发乎天然，出自上帝，

而人却要将仁爱挂在口上！

挂在口上求仁爱，

好比击鼓去追逃亡者，

哪里还寻得着他呢？

仁爱就是被这么说仁爱堵塞的，

说出的仁爱与本来的仁爱是两件事啊！

有为仁爱而死的，

也有为财货而死的，

他们有什么两样吗？

都是死，

为什么要分出君子小人呢？

这样的分辨，

恰是将仁爱害死了，

将上天的意思违逆了。

人为了名声而失去本性，

又为着与人相争而求知，

名与知不过是两样凶器，

于人生充满了杀戮与血腥。

知涯无际，生涯有限，

以有限去追无际，

一起念就已死了。

为什么吃醉的人坠车不死？

骨节与常人相同，

犯害却与常人不同，

乘亦不知，坠亦不知，

死生惊惧不入乎其胸中。
黄帝曾经登昆仑而失落玄珠，
派智者去寻，寻不见，
派贤者去寻，寻不见，
派耳聪目明的人去寻，寻不见，
于是差无智、无视、无闻的象罔去寻，
结果象罔寻见了。
这说的是天智。
天智大于人知，
天智入世遭蒙蔽，
人学知并不可知，
乃是知了所不知，
知所不知而流露天智。"

"啊，先生所言真乃无所言！
先生何曾写过一个字了？
先生又何曾说过一句话呢？
澄澜所闻，
都是上天借着先生的乡音传递的大道，
远古时候的道人也是这么作为的吗？"

"经上说：
'不要为生命忧虑吃什么喝什么，

为身体忧虑穿什么。

生命不胜于饮食吗？

身体不胜于衣裳吗？

你们看那天上的飞鸟，

也不种，也不收，

也不积蓄在仓里，

你们的天父尚且养活它，

你们不比飞鸟贵重得多吗？

你们哪一个能用思虑使寿数多加一刻呢？

何必为衣裳忧虑呢？

你想野地里的百合花怎么长起来，

它也不劳苦，也不纺线。

然而我告诉你们，

就是所罗门极荣华的时候，

他所穿戴的，还不如这花一朵呢！

你们这小信的人哪，

野地里的草，

今天还在，

明天就丢在炉里，

神还给它这样的妆饰，

何况你们呢！

所以不要忧虑，

说吃什么、喝什么、穿什么。'

远古时候的道人，

以天地为器官，

以万物为居所，

百骸借用而已，

耳目观象而已，

知一而达全知，

而心未尝死；

他们心似大树，

不患无用，

直植于大野，

虽无用于世

却无所困累。

人何苦由烦恼拖累呢？

人生在世，

不过由天差遣，

不得天选则专嗜己好，

无嗜无癖则喜乐忘我，

除此再无其他价值，

再无存活的理由。

身体不是你自己的，

连子孙后代都不是你自己的，

一切都是天赐蜕变之形，

不如行不知所向，

386

居不知所持，

食不知所味，

不却不迎，

若有若无。

越人铸剑，

藏于木匣而不用，

贵之为宝。

众人重利，廉士重名，

贤人尚志，圣人贵精。

天地大美而不言，

四时有法而不议，

万物在理而不说，

古时道人无忧无虑，

只求与天地万物相和。

生，不过是注然勃然，

死，不过是油然漻然，

都是忽然，白驹过隙。

所以，不要忧虑，

说吃什么、喝什么、穿什么。

有个人买了汽车，买了屋子，

说还要继续做工，

去买那一座酒店。

人问他这么拼命，

究竟为了什么。

他道是为了求到美人，

为了能跟妹妹说上话。

人哂笑他，

说，想与妹妹说话，

何不直接就与妹妹说呢？

那是他困于世间外物，

失了风情，

不晓得男女之事天然玉成，

连最初的交往都变得昂贵无比。

世间外物好比弓子钩子，

机变多了，

则鸟儿鱼儿乱于天上水中。

人之智昏乱至此，

皆求其所不知，

而不知应其所已知。

天植序令于人心，

跟妹妹说话的方法早就给你了，

这已知的你反倒丢掉了，

去求那未知的和不可知的。

这就是舍近求远啊！

向东走到了大海，

回望西方的昆仑山不是更远了吗？

以敬孝易，以爱孝难，

以爱孝易，以忘亲难，

忘亲易，使亲忘我难；

使亲忘我易，兼忘天下难；

兼忘天下易，使天下兼忘我难。

如此难为，何必有为？

经上说：

‘你们需用的这一切东西，

你们的天父是知道的。

你们要先求袖的国和袖的义，

这些东西都要加给你们了。

所以不要为明天忧虑。

因为明天自有明天的忧虑，

一天的难处一天当就够了。’

你所需求的，袖早已预备。

求天垂怜我罪孽，慰我苦身。”

“人如何知道袖的国，袖的义？”

“光耀问无有：

‘你是有呢，还是没有呢？’

光耀不得问，

只好孰视其状貌，

空然幽然，

终日视之不见，

听之不闻，

追捕之而不得。

光耀说：

'谁能做到这般境地？

我能做到有无，

而未能做到无无；

或者做到无有，

可究竟怎样才能无无？'"

"无无到底是什么？"

澄澜问。

"有先于天地而最早存在的，

也叫作物物，

祂创造万物，

驱使万物。

祂就是道，

就是真理，

一切起于祂又终于祂，

而祂无始无终。

这就是祂的国、祂的义。"

"先生说到这里，
澄澜糊涂了。
难道人看上帝，
竟是茫然?"

"又茫然，
又不茫然。
好比美人，
人给她镜子，
她才看见自己美。
若不告诉她比他人美，
她原本并不知晓，
好像知道，
又好像不知道；
好像听说，
又好像没有听说。
这样，
自己倒是一直欢喜着，
人也一直欢喜她。"

"我曾经做木德星君时，
戴星冠，披鹤衣，著赤履，

真的美轮美奂吗？

如今我做一块玉时，

小到不可盈握，

该如何才美呢？"

"玉，

美到令人心软，

才是天意。"

王胜说。

第十首　王胜再论道

澄澜道：

"先生昨日论道，

说道人曾云，

'天在动吗？

地有定所吗？

日月争位吗？

是谁在主张？

是谁在维系纲常？

是谁从无到有推行万物？

或者有默机而司停？

或者有动机而司运？

是行云化雨吗？

是降雨成云吗？

是谁在兴起又施展？

是谁无故欢悦而勉力？

风起北方，

忽西忽东，

于空中翱翔回旋，

是谁在呼吸？

是谁闲居中吹拂摇动？'

这些话我似曾在哪里听过？"

王胜道：

"善哉！大善！

圣人曾言，

'信而好古，

述而不作'，

就是这个意思。

远古的道人复述神天的旨意，

这话本出自上帝之口。

经上记上帝谓约伯语：

'是谁定地的尺度？

是谁把准绳拉在其上？

地的根基安置在何处？

地的角石是谁安放的？'

又说，

'你曾进到海源或在深渊的隐密处行走吗？

死亡的门，曾向你显露吗？

死荫的门，你曾见过吗？

地的广大，你能明透吗？

你若全知道，只管说吧！

光明的居所从何而至？

黑暗的本位在于何处？

你能带到本境，

能看明其室之路吗？'

又说，

'光亮从何路分开？

东风从何路分散遍地？

谁为雨水分道？

谁为雷电开路？

使雨降在无人之地、无人居住的旷野？

使荒废凄凉之地得以丰足、青草得以发生？

雨有父吗？

露水珠是谁生的呢？

冰出于谁的胎？

天上的霜是谁生的呢？'

又说，

'你能系住昴星的结吗？

能解开参星的带吗？

你能按时领出十二宫吗？

能引导北斗和随他的众星吗？

你知道天的定例吗？

能使地归在天的权下吗？

你能向云彩扬起声来，

使倾盆的雨遮盖你吗？

你能发出闪电，

叫它行去，

使它对你说，

我们在这里？

谁将智慧放在怀中？

谁将聪明赐于心内？

谁能用智慧数算云彩呢？

尘土聚集成团，

土块紧紧结连，

那时，谁能倾倒天上的瓶呢？'

上帝向人发问，

人怎能回答呢？"

澄澜有所悟，道：

"啊，东方的民人也听到了祂的声言！

祂在西方，与人订约，

祂在东方，以玉传道。

那东方的先人，

依玉而观天察地，

所以，道人要被褐怀玉呢！"

"'知我者希，

则我者贵，

是以圣人被褐而怀玉。'

这话是老子说的。

孔子的师父是老子，

老子的师父是怀中之玉啊！

人以玉而闻天音，

天以玉而御天下。

在东方，

玉是最初的保守，

也是最后的保守。

大君在旧时由玉路承受权柄，

百姓在今朝由玉路而窥明真道。

前后都是由着玉，

因为玉的功用乃是贯通，

贯通时间和空间，

叫天人地往来无阻隔，

叫文教不分东西，

叫枪炮穿不透的墙立时崩塌。"

第十一首　王胜说法

"在忽必烈汗看来，

那些僧侣也很有法道。

他们施展的，

都是些什么高妙之术呢？"

清凝问道。

在王胜看来，

这天是男孩儿清凝在讲堂里。

这天没有入园的外人，

但飞过的鸟儿，

飘落的雪花，

都看见男孩儿和女孩儿，

分明是两个学生在问话，

男声与女声叠在一起，

同样的声息，

不同的振动。

"忽必烈汗告诉孟高维诺，
那些道人和僧侣太厉害了，
他们呼风唤雨，撒豆成兵，
遁形穿墙，刀枪不入。
道人有道术，
僧人也行巫术吗?"
清凝再问。

"你路过那些寺庙，
看见里面的佛、菩萨、罗汉、金刚了吗?
那都是些泥造的偶像，
人们拜偶像会有什么结果呢?"
王胜说，
"那个叫作释迦牟尼的佛陀，
意思是释迦族的先圣，
释迦族就是塞种人。
佛陀的意思是觉悟者，
用汉字记音，
也写作没驮、馞陀、复豆或浮屠。
觉悟的人，
他觉悟到什么呢?

他说：

'一切有为法，

如梦幻泡影，

如露亦如电，

应作如是观。'

有为法即世间因缘和合，

瞬间转变，无常虚幻。

又有无为法，

意为不生不灭、无来无去、非彼非此，

贪欲永尽，瞋恚愚痴永尽，

一切烦恼永尽，是无为法。

佛陀教导，

'色即是空，空即是色。'

色乃世间一切现象，

空乃否定，

否定一切，

连否定都是幻相，

这就是觉悟者的态度。"

"否定一切，

那肯定什么呢？"

"佛陀不言肯定，

即使无为法，

即使真如，

好比哲人所谓真理，

他都保持沉默，

所谓不执真如。"

"没有真理吗？"

"不，

是不言真理。

但当觉悟到一切非真理，

难道离真理还远吗？

佛陀降临，

只说什么不是真理，

不说什么是真理。

这是他伟大的操守，

因那言说真理的使命不属于他。

他坚守他的职责，

从不逾越半步。

这世上谁会有如此尊贵的品质呢？

所以，他的话是可信的。

不以小信之信示人，

那后面会是什么呢？

人不过如此，
都是生灭无常的表象，
人所可以觉悟到的至高处，
就是否定存在。
佛陀美哉！
他甘做上帝最美的器皿！
这是最谦虚的态度，
谦虚的人有福了！"

"佛这个字，
是弗与人写在一起。
他不是人吗？"

"他是人，
也不是人，
但他不是神，
他从不以神自居。
佛的意思，
是否定人生。"

"既否定人生，
人为什么要活着？"

"这意思是，
人生是虚无的，
人自行肯定价值是无价值的，
人是真理的工具，
人生是认识和实现真理的途径。"

"如是则虚度人生吗?"

"人生本来就是用来虚度的，
倘执著于人的主义，
信人自做的主张，
一切便都是虚妄的。"

"人如果晓得了这些，
不如死掉算了。"

"好比吃饭，
不吃是要死的，
吃了而跪拜饭，
又是要毁灭的。"

"那究竟是吃好呢，
还是不吃好呢?"

"吃也不是，

不吃也不是，

不如吃了白吃。"

"吃了白吃？"

"是啊，

吃了白吃。

吃饭只是因果，

只是过程。

人世间所驻，

都是用一用而已，

都是暂居而已。

好比去一个旅馆，

订三天的房间，

一生不过百年，

订三万多天的房间。

来了就要住，

不住不行，

住住而已，

难不成永居而不去吗？"

"哦，

原来只是用一用，

不可当真。

那真是什么呢?"

"你又要执真如吗?

你如今显形为人，

你难道还不晓得人可以做什么吗?

人知道'非'就很足够了，

说什么'是'呢?"

"啊，

佛陀真是很伟大，

他教人看透人世充满了不是。"

"他更像一位大学的校长，

他的法门不过是一所大学堂。

那些菩萨是大教授，

那些罗汉是获得学位的大博士，

而那些金刚是保护学校的英武勇士。

这所学校的主课是破除迷信，

学习一种不受迷惑的人生之道。"

"那为什么佛门也出了许多迷信的法术？"

"有谓佛陀入灭后，
历正法、像法，
而至末法时代。
于末法之时，
巫术盛行，
众生败坏。
人们失掉了这所学校的意义，
搬来众神的龛位来祭拜。
佛门不是宗教，
佛弟子并未与天神有联盟，
僧侣只是行人间事的修行者。"

"这么不堪了，
为什么还有人去投佛门，
还有人去烧香送钱财？"

"人说'不看僧面看佛面'，
这话的意思是，
佛陀太伟大了，
他的智慧和功德恩泽万世，
即便末法时代，

一灯能灭千年暗。
既然一切都不是，
何必在意是与不是？
人只见兄弟眼中的芒刺，
何不见自己眼中的梁木？"

"末法时代，众生败坏，
何以抵达真理？"

"倘不败坏，
何须拯救？
你没有听说过拯救不是对于义人的吗？
人子说，
他不是来救义人的，
倒是来救罪人的。"

"啊，
老师说佛法，
实在太美了！
佛法道尽人间不是与罪孽，
人的软弱倒全然显现出来。
此间因无能与空虚，
上帝竟与我同在，

分秒须臾都未曾离开清凝。"

是的，
这时候，
那全能者与师徒同在，
因佛陀，
那塞种人的先圣，
而与他们同在。

第十二首　玉品

王胜论及玉品，
说玉品即人品，
即万物之品。
玉品集结万品于一身，
识玉则识天下。

其一曰真，
所谓返璞归真。
玉璞天然，
大如车，如斗，

中如拳，如瓜，

小如栗，如枣，

虽鬼斧神工，

断难比拟。

璞者朴也，

朴者木素也，

无藻饰而焕奕。

古人见素抱朴，

守真而不摇。

纯朴的对立面就是庸俗啊！

其二曰美，

大羊为美，

美甘甘味不尽，

令人心旷神怡。

本是入口的，

亦作入目的。

食与色，

都是本性，

求旷朗与怡悦，

开心啊！

欢畅啊！

然而人是有罪过的，

亏欠如囚笼，

难得多时开心与欢畅，

唯与玉同在，

慰我苦楚生涯。

其三曰悲，

心非而悲，

人的心肠硬了，

掉转头来看见内里，

哀怜于是顿生。

玉的光泽软了人的心壳，

初心于是受触，

柔慈降临，

便是圣灵充满。

其四曰娇，

娇而无力，

嫩弱欲消，

如水珠将滴落而散。

啊，那是软弱之极的样子，

有什么比夸耀软弱好呢？

最强的，也敌不过娇美，

娇美的，释了胸中郁恨，

放出你无尽的泪水，

令恶人生出仁爱之心。

玉娇不忍视，

却韧削钢铁。

其五曰古远，

古是最初的意思，

远是最深的意思。

古心即初心，

远处即内里。

哪有古久，久过最初时候的？

哪有遥远，远至内心深处的？

你到外面的世界，

到外面的外面，

你怎就忽然停步，

惊见你出生的故地？

世上最远的去处竟是你的故乡！

你看玉的年纪，

非商非夏，非幼非少，

遥不可及，久不可追，

为什么似曾相识？

何以一见如故？

其六曰雄浑，

长河吞落日，

超以象外，

得其环中。

持之匪强，

来之无穷。

视之透光，

辨之浊然万重帷幕。

那精血一般浓郁的内在，

密不透风，厚重不迁。

其七曰清逸，

触之有灵泉应手而生，

入经络血脉，

穿肠贯心肺。

如娟娟群松，

下有漪流；

如月之曙，

如气之秋。

其八曰典雅，

典是律法，

雅是中正。

正乃止于一。

万径归一，

相对的都要归于绝对，

那绝对之一，

无始无终之一。

上帝的律法印在其中，

以玉鉴人，

照见义的范型，

算出过与不及的亏溢，

召人合契守约。

其九至极，

曰入神。

你看见那灵光流转了吗？

玉有神，

人亦有神，

万事万物皆有神。

那盐不可失去咸味，

那血不可失去红色，

那灯不可失去明光！

我们唱宣卷的，

唱到高处，

都是借着了神气，

风雨雷电、英雄美人的神气降临，

方可动人、化人，

共鸣一弦。

王胜说到这里，

天上出了彩虹，

那虹脚起于园中梅树下，

那虹身跨越了江河，

另一脚落在了长城外的捕鱼儿湖。

玉真的将上下左右贯通了，

好比一个大十字。

原来十字的意思竟是贯通，

不但要贯通天地，

还要贯通东西；

东方的典籍与西方的经书合一完备了！

佳讯记在西国的书约中，

又因玉的复出而抵达此间！

这时候，

一切的法术失去了魔力，

连咄咄逼人的科学的诅咒也解除了。

倘东方的玉道与天道贯通了，

何须坚船利炮来敲开大门？

那来了又去的圣多马安息了，

那光明景教的诵歌静寂了，
那也里可温的尖顶沉没了，
那泰西鸿儒的墓碑洁净了，
那濠镜妈阁城中的马礼逊释然了，
那西敏寺门楣上的王志明开颜了。

所有的叙事似乎都终结了，
反叛的和守旧的，
怨恨的和不甘的，
中国的老戏将要落幕，
乡村里只剩下一二个老人，
都市中甚嚣尘上的声音正归于寂然。
那拓荒的少年要来了，
他携着佳讯要在大地上广播种子。
这佳讯原不是从海路陆路打通来的，
这佳讯竟是从早先预备好的玉路展开的。

第十三首　又到一年春醉时

又到一年春醉时，
师徒二人去往远郊。

那澄碧的江与澄澜的双目一色，

她目中的水也涨满了，

似要涌出来。

这是泪水呢，

还是春水呢？

他们到江湾处一户酒家，

吃了春笋、菜羹和鲜鱼儿。

王胜饮酒，

一碗复一碗；

澄澜饮酒，

一坛复一坛。

刚到正午，

库中的酒已喝尽。

酒家差人又去城中运酒，

运来的酒，

仍不够师徒二人饮。

又杀牛，

澄澜吃掉半只。

酒家道：

"你的女孩儿是饕餮鬼吗？

将我的店吃空了，

你们付得起账吗？"

王胜给出一块马蹄金，道：

"你去城中验一验，

看看是不是足赤，有无杂质。"

酒家欢喜，又恍惚，换脸道：

"你家女孩儿真是天仙，

王师父靠什么养得起？

一日一蹄金，

金山银山都要吃空呢！

王师父八成是发达了。"

王胜仰脖饮尽一碗，道：

"穷不穷，王胜公，

富不富，卖豆腐。

我王胜的钱只够唱戏吃酒的，

不多不少，正正好。"

酒家转身对人说：

"他好福气，

养得起这样女孩儿。

说那女孩儿是玉精，

他弄玉弄来的，

天晓得是他孩儿还是他女人！

爷儿俩不正经！"

吃罢酒，

天色已晚，

王胜出门一蹬脚，

将脚踏车蹬上了云天。

澄澜御甪，

从后面紧跟上去，

喊道：

"爹爹等等我！"

到得家中，

已是半夜。

二人扶醉入门，

歪倒堂中罗汉床。

王胜嗅着澄澜花气，

有一园的芳醇突突涌出。

女孩儿醉了，

遮不住蕊香。

王胜将自己投入澄澜怀中，

禁不住越陷越深。

澄澜娇喘道：

"我命好苦，

刚寻到一个爹爹，

却又丢了。"

一会儿作男孩儿清凝，

一会儿作女孩儿澄澜。

作清凝时是拒，

作澄澜时是迎，

欲拒还迎，

将王胜接迎到幽处。

这一晚，

澄澜不复归玦，

于人间枕上头一回做了妇人。

晨光破窗而入，

将女孩儿白净身子融了。

王胜醒来，

看不见澄澜身形，

去枕下寻玉玦。

澄澜道：

"爹爹寻什么玉玦，

孩儿从此不复回转，

只在外头玩耍。

原来做人是这么快活的！

你原先握我盘摩我，

虽只隔着一层，

却远似千山万水。

肉身贴着，

竟也是路途，

好叫灵魂更凑近一些。"

"这是一件罪过吗？

酒后乱性可以得赦免吗？"

王胜心中怅惘，

像是丢了魂，

害怕起来。

这是他第一个妇人，

他不懂与妇人接欢，欢似神仙，

又何以痛悔，悔若罪人。

澄澜道：

"你要做负心人吗？

澄澜已然托付给你。"

"可是，

可是你是神啊！"

"我落到人间便是人，

是你教我做一个人。"

"这也是先前预备好的吗?
预备你做我的妇人?"

"谁也逃不过罪失,
即便是神。"

"总是不犯罪、少犯罪好。"

"那不如死掉好了!
爹爹一刻离得开我吗?
没有我,你会怎样呢?
生,就是罪过啊!"

是啊,
生,就是罪过啊,
都是罪过!

第十四首　花舟

多么美好啊!

420

多么不堪啊！
这师徒论经学道的佳话，
怎就被亵渎了呢！

这是多么令人不适的叙述啊！

人都想说上面这番话，
凡读的，写的和看见这事的，
心中都扭曲了，
头都别转过去不想看了。

然而，真的是这样的！
澄澜不复回转玉玦中，
每日睡在了王胜房中。

澄澜对王胜说：
"爹爹啊，
我想叫得更亲些，
想叫你爸爸啊！
爸爸，
就跟现时的孩儿叫父亲一样，
我要叫你爸爸。
爸爸啊，

你养大我，
娶了我吧！
也像人间敲锣打鼓，
笙歌喧嚣的，
用花轿将我抬进门吧！
我要做你的新妇。
或者你扎了花舟，
用船儿把我接来，
告诉人家，
我是花儿，
移栽王家园子。"

"可是，
可是你的娘家在哪里？
难不成我进到玉玦中去迎你吗？"
王胜问。

"太湖中有花岱岛，
岛上有绛唇花，
花间有祭坛。
你将玦放在坛上，
从今日算起共七日，
至六月初六来迎我。

这一日乃天贶节，
天有恩赐到人间，
应是吉日良辰。"

王胜于是上了花岱岛，
寻见花间古旧的祭坛，
那坛石都已长满青苔，
有青藤嵌入石中。
他用薄刀砍断藤蔓，
又剔干净苔藓，
见石上有一凹坑，
正好契合玦的大小。
他便恋恋不舍地将玦放进去。

他疑惑，
这玦是澄澜从地狱中带来的，
地狱的鬼难道事先知道有这个坛吗？
鬼是按照坛中之凹来定形制的吗？

王胜从坛上下来，
到处遇见绛唇花，
那花好似女人烫的嘴唇，
要灼你，也要吞你，

人不可久视，

看久了就贴凑上去。

其实，它们不是花儿，

只是一些红颜色的叶子。

王胜将脚踏车停在沙岸，

这会儿骑上去，

心意一推，

就化作了云舟。

到六月初六，

他又驾着云舟来了，

见俊美的少年列队在岸上，

那华美的花舟扎好了，

里外都布满了绛唇花。

澄澜从舱中出来，

笑迎他到来，说：

"爸爸，

这便载着我去，

接我进门做新妇去。"

笙管顿时齐鸣，

俊美的少年有吹奏的，

有施礼的，

有服侍的，

都站在甲板上，

穿梭在船首船尾间。

那花舟有三层楼高，

帆儿上缀满了金叶子和七彩琉璃珠。

有少年过来，

将绛唇花环套在王胜颈上，

又将花袍给他披上。

新郎和新娘，

就这样，

站在船首向甪直而去。

那些少年都是玦中的精灵，

受了七日岛上仙露的浸润，

相互比对作一般的模样显形出来。

啊，澄澜太美了！

她有多美呢？

她的肌肤一丝都不能露出来，

露出一个趾头，

都会叫日头停住不移，

直晒得人发晕。

她有多美呢？

她不可看一眼海浪，

她看一眼就叫浪头高举不落，

浪花儿凝在半空不散，

船就不动不进了。

她有多美呢？

有少年说：

"我们索性不归去吧，

即便我们是大神，

也情愿在人间做她的奴仆。

低于她足下，

任她踩踏，

为什么欢悦不已呢？"

她有多美呢？

她令半百的王胜终日勃起，

须臾不垂，

从清晨一直到夜帐下垂，

即便睡中触到她指趾，

也又不衰，

非交战而后疲。

她有多美呢？

她令万事万物因她停止了，

美得不可胜收，

这是真的！

这是真的！

人间真的有澄澜来过，

倘不是王瑞泽给我看摄制的影像，

我也不信的！

她就是花舟本身啊，

她驶入甪直，

驶入王府，

驶入人的眼中，

驶入一切感官。

如果亲见她，

我也愿意停止，

一切停止都无所谓了，

一切停止了最好，

停止在看着她，抛弃自己，没有自己的长久中。

因这样的美色，

你才知道停止就是长久，

甚至是永久，

无所谓称永久来得罪上帝。

女人都会说：

"这赖得上我吗？

都是你自己要沉沦的。

美是我的罪过吗？

美是天赐的。"

可是，

谁个女人会不想美呢？

你想美，要美，要更美，

你没有罪过吗？

用美来引诱，

沉陷美中不能自拔，

这是一项共同的罪过。

可是，

上帝为什么要创造美呢？

丑是走向死的，

美是走向生的，

可是美本身又结下罪果，

罪的工价乃是死。

我们会死，

都因着罪失与罪过。

他们敲锣打鼓成亲了，

终于成亲了，

爹爹将孩儿养大，

又将孩儿娶作新妇。

他们是合乎人间礼制的夫妻，

也是合乎生养之道的父女，

又始终是合乎先后之序的师徒。

你们还有什么话讲？

你们曾经说：

"爷儿俩不正经。"

那是因为你们没有机会不正经。

你们如今说：

"庆贺美满！"

那是因为这实在是你们不甘的结局。

然而，今天你们没有看见清凝吗？

他在哪里呢？

他是一同嫁过来了，

还是被这对夫妇杀了？

第十五首　他却终于看见了两个

曾经镇里的人看见两个，

一个男孩儿清凝，

一个女孩儿澄澜。

这下只看得见一个，

一忽儿清凝，

一忽儿澄澜。

婚后第二日，

他们遇见了清凝，

独自在桥头晒锦被。

有人哂笑他，说：

"你姐姐做了师父的女人，

你如今要称呼师父作姐夫了。

你们跨着那么多年纪，

却要做同辈人了。

真是稀奇，

枕上一宿，

换了人间！"

又有人说：

"这锦被不放在园子里晒，

拿到众目睽睽下撩人吗？

你不晓得替姐姐和师父遮羞吗？

还怕昨晚的雨下得不够大吗？

不曾淋着、不曾听见的，

这会儿也瞥见了。"

他们原先心里无邪，

并无其他念头，

只做王师父收了两个徒弟，

所以看见男孩儿女孩儿一并相处，

如今心里认定了，

这便只好非此即彼。

他们如何想象两个一道嫁给了王胜？

那王胜必是一早就动了念头，

心里压着，

知，抑或不知，

想，抑或不去想，

反正看着女孩儿就不能自拔了，

便或见女孩儿，或见男孩儿。

心里有，女孩儿就来了，

心里没有，男孩儿就来了。

这下好到一处去了，

两个人好到做成一个人，

你中是我，我中是你，

那澄澜恨不能自己做王胜，

那王胜也恨不能自己做澄澜。

男女这么好时，

男的是神，女的是神，

在情爱中做一回神。

神是没有年纪的，

时间消失了，

剩下的不过是雌雄。

然而，神也是寄于身形的，

澄澜寄于玉体中，

王胜靠着半百的肉身如何吃得消？

久久的，

神光必要黯淡。

先是整日亮堂，

再是亮一阵黯一会儿，

一日里总不能一直亮着，

不想黯时清凝便来了。

清凝来了，

总算可以罢歇，

不想此时的清凝，

不是从前的清凝。

他的目光暖暖的，

他的笑唇弯弯的，

他柔曲的样子与澄澜无异，

那是娇美啊！

天下有谁抵挡得住娇美呢？

娇美是一座泵，

江河都不够它抽吸！

432

美则美矣，

千万不可娇。

娇是莫大的罪孽，

是不自知的引诱，

亮在外头，

内里却由古蛇牵引着，

直伸到黑暗的底部。

他虽无有牝户纳牡，

却有芳唇吞饮，

那绛唇花一般的芳唇。

人生出淫心，

哪一处不是淫道呢？

即便头顶百会，

足底涌泉，

都可以开阖翕张，

将骨肉销尽。

王胜见着清凝，

本想歇下来的，

却听见说：

"清凝只是澄澜的表字，

清凝本就是澄澜。"

话音刚落，

就不省人事了。

他被咽进肚子，

弛弦复张，

被强硬绷紧了，

似是有吸管顺弦中秘道插入骨中，

血髓奔涌，

欲控难抑，

一股复一股，

直瘫如软泥而亡形。

那些时日，

他们正襟危坐，

论过了法道，

论过了纲常，

却终于难逃情劫，

深陷其中。

这样的大神竟倒了！

这样的大师竟倒了！

整个春天都难以述尽春神的芳心，

满世界的鲜花都难填岁精的欲壑。

神的大能难以企及，

神的罪孽也难以企及！

这么大的罪，
将历史的和现时的光都遮蔽了，
前面的故事还有什么意义？
难道早先预备好的，
竟是这样的结局？

碎如一摊烂泥的王胜，
这时候他看见了两个，
一个男孩儿清凝，
一个女孩儿澄澜，
他从此与两个同榻，
与两个同进同出，
与两个朝夕相处。

镇上的人们只见一个，
要么男孩儿，
要么女孩儿。
他们难道不是罪人吗？
然而他们自以为可以洗罪，
也常常想着替人洗罪，
怎想过有这么大的罪恶，

神与人一同犯罪，
落入无底深渊的罪愆！

澄澜的到来，
不是说要广播佳讯吗？
何以拖着人下水，
将污秽罩着整个甪直呢？

你们看见的是因为罪，
你们看不见的也是因为罪，
然而摄像记下来的，
不论罪不罪的，
都是两个同在的罪。

王瑞泽给我看录影带，
一卷一卷的，
凡澄澜在时，
必有清凝在，
男孩儿女孩儿，
跟王胜同吃同住同出行。

远古的时候，
所多玛、蛾摩拉和周围城邑的人，

因随从逆性的情欲，

就遭永火的刑罚。

经上说：

"不可与男人媾合，

像与女人一样，

这本是可憎恶的。"

甪直因着人与神的逆性情欲，

是否也要迎来永火的刑罚？

这与女人媾和，

又同床与男人媾和的日日夜夜，

是怎样的长夜啊！

第十六首　王胜听到了警告

清明时节，

王胜去祖墓祭扫，

回转时遇雨，

奔走于田间无处遮蔽，

幸见一古树，

树中有洞，

洞缘日久而石化，

仿似砌了一层石浆。

洞视之若人形，

王胜坐进去，

刚好契合，

指趾、肩颈、颅骨皆天衣无缝。

这件事令他神伤，

他想起远古时候空桑孕子之事。

有孕妇居于伊水之上，

夜梦中，

天神告曰：

"石臼将出水，

你直往东去，

勿回顾！"

翌日，

石臼果出水，

孕妇告于左邻右舍，

随后东走十里而回顾，

见村邑尽淹，

上天于是化其身为空桑，

活其子于桑洞中。

这事与罗得之妻化为盐柱同出一辙。

438

所多玛城中的居民纵逆性之欲，

要在天使身上胡作非为，

上帝于是将硫黄与火从天上降与那城。

天使领罗得一族逃离，

嘱其不可回顾，

也不可停步，

要直往山上走，

免得被剿灭。

"罗得的妻子在后边回头一看，

就变成了一根盐柱。"

经上如是记载。

王胜想到这里，

就害怕起来。

这都是得罪了上帝的缘故，

一城一邑的人都遭罚毁灭了，

那得救不听的，

化为空桑和盐柱。

如今他坐进去的这树，

也是罪陷的证据。

人的罪也预先被知道了吗？

他又想起花岱岛上的祭坛，

那上面给玉玦留好了嵌合的凹陷。

这是被定罪的预告，

不多一点，

也不少一毫，

一切皆在祂的明察中。

雨停了，

他起身回转，

心绪低落。

进门见到有妇人站在独角的犄前，

光着身子，背对着兽。

这是他的新妇，

是澄澜！

他忽然听到经书的警告：

"不可与兽淫合，玷污自己，

女人也不可站在兽前，与它淫合，

这本是逆性的事。"

"人若与兽淫合，

总要治死他，

也要杀那兽。

女人若与兽亲近，与它淫合，

你要杀那女人和那兽，

总要把他们治死，

罪要归到他们身上。"

他抽出武打用的剑，

那是祖上传下来的宝剑，

先人已经将它开刃，

是一把真正可以砍杀的剑。

他将剑刺向独角的角，

角的颈被刺破，

血涌出来，

染在澄澜的肩脊上。

独角的角在毙命前挣扎，

扬蹄将王胜踢倒。

他的六根肋骨被踢断了，

心脏和肺也受了伤。

他躺倒在床上，

不能起来，

他的命将不久矣。

"我们何以犯下不可饶恕的罪孽？

你竟与兽淫合！

我竟与男子淫合！

这样的污体如何承载天命？

我们算是完了！
我快要下地狱死了！"
王胜对澄澜说。

澄澜于床头，
抱扶着王胜的肩，道：
"那与兽淫合的是我，
那男子也是我，
我是罪孽的起头，
一切都会归在我身上。
我贪恋淫合之乐，
见你身子不支，
就向神兽讨要，
该杀的不是角，
而是我。"

"我舍不下你，
我不忍抛下你。
你将那玦给我拿来，
我要握着。"

澄澜于是从枕下取出玉玦，
交递给王胜。

王胜又说：

"这便心里踏实一点。

不是说玉养人一世吗？

我握着玉玦，

会不会好起来？"

"啊，这真是遭了惩罚，

不然爸爸何以如此？

怎就报在你身上？

澄澜愿意替爸爸受罚，

叫我去死好了！"

"总是要一起去死了！

我们得了这么大恩典，

却自陷这么大罪坑，

看来真正地，

一切都要完了！"

他们抱头在一起痛哭，

因难过而相互可怜，

因疼惜而肌肤相慰，

又亲嘴，抚摸，

光身子交股缠绵。

"病死，

不如索性痛快死吧！"

澄澜娇喘呓语。

下坠，下坠，

坠到哪里是罪的底处呢？

第十七首 他们终于坠到罪的底处

他们终于坠到罪的底处。

在那里，

有一百四十对羽翼的神接住他们。

那神身体如水苍白，

面貌如闪电，

眼目如火把，

手和脚如光明的铜，

说话的声音如人群的共鸣。

那神说：

"不要害怕，

我是预备好在这里接应你们的。

我是天廷中的天使长加百列，

我负责传递天令讯息，

并破坏人间一切污秽事物。

你们负有使命却罪孽深重，

然而没有人，

也没有在祂之下的神灵出离罪孽。

我可破除污秽，

却无法抵销你们的罪过。

那全赦的要大于我，

他先已全胜，

早已赎出众生之死。

众生得救不是靠努力，

而是要生出信心，

去认领全恩全福。

凡认领者即得救，

凡努力者必枉然。

倘非欲努力而不可，

不如努力去认领。

好比钱财，

赚取的不如借贷、盗掠的，

没有赚取而富裕的，

一切辛苦挣钱的都是硬着颈项的，

凭己力想挣脱命运，

不肯认输认欠债。

然而谁不是因欠债而生存？

谁不是以劳苦从地中讨吃食？

那盗掠的和借贷的反倒得钱财，

因他们认贫乏与亏空，

他们深知所得皆难偿还。

这些罪人啊，

因知罪而有福了！

人子的全赎是为他们预备的，

是为罪人全身而死的。

所以，你们不要害怕，

不要因坠落罪的底处而失去信心。

你们做人的和做神的，

岂能靠大能大德而不倒吗？

你们或者能于常人，

然而常人仰视你们，

寄你们太高期望，

将你们看作上帝，

以至于你们也轻飘飘自居高位。

你们如今看见了自己的污秽，

倘按人的看法，

你们甚至不如镇里的小民。

你们不如深知自己的罪过，

作一面镜子来照出众人的罪过，

唯独因罪过生出求救的，方得信心，

因信而称义，

因义而归正。

神灵和人都是难以归正的，

即便是我，

坐在上帝左侧，

依然不可失掉信心而归正。"

加百列说着这些话时，

散发着百合花的香味，

又有凤凰的翅翼环布周身，

如金云勾绕。

王胜疑惑，问：

"大天使为何有女孩儿的气息？"

"你没有听说过吗？

'当复活的时候，

人也不娶也不嫁，

乃像天上的使者一样。'

天使或男或女，

不是地上生物分开雌雄的样子。"
加百列道。

"这么说来，
凤凰既不是凤，
也不是凰，
乃是凤凰一体的。"
于是王胜知道，
澄澜也是天使，
也是忽男忽女，
也是阴阳并列的。

"我污亵了天使，
我有几百条性命都难以承负！
求您破除我的污秽吧！"

"人在生中犯罪，
一是支付死的代价，
二是指向罪的结算。
你在各样的性爱中没有体受到快活吗？
人神之恋，
不伦之爱，
人兽交接，

逆性的情欲，

下坠也是工价的升级。

你从罪价的亏空中没有计算出美的品秩吗？

越险的越昂贵，

哪有美的昂贵，贵过天国的？

倘你在追逐性爱的极限中学不会计价，

你的生命乃是虚度的。

倘你要我为你清算了，

你如何永生呢？

我的清算乃是要你永死，

我是众生中的大能而已，

你依傍我好比依傍一个大官，

我的赦令是要你自负盈亏。

我不是全能，

我是全能差遣的权柄。

我破除的污秽，

与人自行破除的污秽，

都是傲骄的自夸，

都无济于事。

脏水能洗净脏水吗？"

"我觉得我快要死了。"

王胜很难过。

"是的，
你将要死了。
你害怕吗?"
天使问。

"我不害怕。
我听你说话，
心里恬然起来。
我因彻底无奈，
再不做徒然挣扎。
我现在想唱歌，
唱赞美的歌。
因我看见了福恩，
果然光彻无限。
这光安慰我，
令我苦痛释然。
我从来没有这样宁静过!"

"是啊，
你将要死，
然而又赴永生!"
天使祝福他。

于是王胜唱歌，

终于唱出佳讯的音律。

这时候，

加百列的羽翼将他们托起，

他们逐渐升到地面上。

澄澜看见有一个人张开双臂，

在那里迎接。

那是云芳阿婆。

"阿婆啊，

真的是你吗？

你真的活着吗？

你为什么不来寻我，

为什么不告诉我你还活着？"

澄澜泪流满面。

"我活着，

我好好的，

我一直在等你回来。"

阿婆对澄澜说。

"你如何找到这里的呢？
是天使长将你接来的吗？"

"是圣灵此间充满了你。"
天使长说，
"那在天上的，
那死了又复活的，
还有住在众生心中的灵，
都是祂，
都是唯一。"

"我因罪深而甦醒吗？
我经千年、入地狱、复出人间，
为何我是一个小孩子呢？
为何我此时才遇见自己呢？
阿婆啊，
我一想到你就心碎了。
可是，我久久没有心碎了。
居然见到了你，
见到你还活着！"
澄澜走过去抱住云芳阿婆。

"呀，如果你是个女孩儿，

我要给你织长裙呢，
你定是像我幼时的样子，
或者比我还灵巧许多，
人家说我眼睛会说话，
你是全身都在说话呢！
你那么伶俐，
该是个男孩子吧，
我想什么你都晓得，
考一个状元回来吧，
不要像你爷爷那样，
只在沙场上拼杀，
最后被文官陷害了……"
阿婆又说起那些话。

阿婆此时真切地见到玉中之神，
她无须辨认，
她一眼就认出来了。
她又说：
"果然是个女孩儿，
又是一个男孩儿。
玉终究是不一样的，
不坏不朽，
失而复得。"

这是一个心碎的场景。

心碎了,

圣灵就出来了。

祂保守我们的心灵,

让伏罪的生命接纳全恩。

祂有先于我们的预备,

因此,祂的耐心将等待众生同归。

"你现在是别人家的孩子了,

将来记得来看看我。

我这下便要去了,

我会一直想你,

一直疼你。"

阿婆说罢便离去了。

澄澜哭得将要死了,

她,他,从罪中沉坠下去,

竟触到心底的软处。

这时候,

木德星精再不分为二体,

阴阳合一,不可侵凌。

第十八首　玦会一直传下去

王胜醒来，
夕阳已西斜。
澄澜陪在他身旁，
他们安静下来。

王胜说：
"物之有始有终者，
鸟兽鱼虫草木灵长是也；
有始无终者，
天地鬼神及人之灵魂是也。
人固有一死，
之后与你相伴的，
是我的魂灵。
我肉身活着的时日已不多，
我要计量分秒，
做完派给我的工。"

这便开始夜以继日谱写诗章，

将玉的事迹和玉中的讯息记录下来，
汇集成献辞、地狱行与人间行三篇。
这就是你们看到的前面的部分。

他写作的时候，
屋里有百合花的馨香，
夜里玉玦放射出日光，
与白昼时一样明亮。
他知道，
大天使与木神一道拱卫着他，
他的笔是由着无始无终者牵领的。

他是宣师，
他是诗人，
他用特别的王胜体著了诗传，
留给我们，
令我们看见的人得闻佳讯。

凡闻着佳讯的人，
都看见了全部的财富，
全部的恩赐。
有谁白白得着这一切，
并取之不竭、用之不尽而不欢喜呢？

得着的人告诉下一个人，

说只要认领即可，

认领就还清了全部的债务，

又还有谁不快快去领呢？

你们快快去领吧，

不要迟疑，

就像我是第二个，

你做第三个，

接下来还有第四个，第五个……

直到所有人。

"既来时便欠账，

你一生都还不清，

不如一生都欠下去，

何苦自我挣扎，

硬着头皮做无用功？

人的拼力是无益的，

不拼是债，拼也是债，

却睁眼不见有早已全偿的，

只不过认欠认领即可。

这哪里是大便宜啊，

这分明是大恩无限！

这样的好事，

我王胜看见了，
实实在在享用了，
不但享用，
还享用不尽，
所以告诉你们。"
王胜如是说，
又嘱咐澄澜，
"我死后，
做一个无底的棺材，
出殡时走过镇里街巷桥头，
让所有的人看见，
说这是一个吃光用光，
连棺材都脱底的人，
然而你们有的他都有，
你们没有的他也有。
这是我最后的演出，
由你来宣讲。
我们师徒之缘终有尽头，
你最后做一次我的徒弟替我送葬。"

到了出殡日，
澄澜遵嘱打了一具无底的棺材，
将师父遗体放进去，

框住在车上，

敲锣打鼓，

从玦中唤出诸神护送，

从王宅出来，

路过上塘街、下塘街，

走过正阳桥，大通桥，

华阳桥，永济桥，

香花桥，三元桥，

万安桥，进利桥

伊仁桥，环玉桥，

和丰桥，垂虹桥……

凡四十一桥，

又走过长长的廊棚，

那里曾是澄澜身受斜雨，

骑角而过的地方，

那时候罩黑裘，著绿衣，蹬赤履，

无羞无臊地光着下体，

人见着都躲起来不敢看，

这时候，角已不在，

啊，那可云可舟的脚踏车呢？

澄澜想起了脚踏车，

将脚踏车放进墓穴，

作为师父的殉葬物。

"师父啊，

你的灵魂想澄澜了，

就骑着脚踏车来吧！"

澄澜在掩土盖棺的一刻说。

这是宣卷人最后的成象，

这象令镇里人羡慕王师父的一生——

云上王师父，

有谁比他惬意呢？

他过着衣食无忧、随用随取的生活，

像神仙一般，

生不带来，

死不带去。

他的徒弟作为他喜乐的见证，

他作为神天的见证。

澄澜做完这一切，

弃了少男少女的身形，

化作一缕青霞，

归入玦中。

然而，哀伤并弃不掉，

哀伤痛裂了玦口下缘，

涌聚在两侧，

渗出血斑。

这就是玦最后到我手里的样子。

现在，玦在我手里，
诗稿也在我案头，
是王胜的侄子王瑞泽交给我的。

这不是玦最后的驻处，
玦会一直传下去，
一直传下去，
从我再到下一个人，
从下一个人再到下一个人；
玦的事也会一直写下去，
一直写下去，
直到世界的末日。

后述　征信录

第一首　玦

玉，神伤而裂，
置于案头。
它失其主而痛，
怎样的爱护，
才能将裂愈合呢?

玦，是最早的形制，
说是"环而不周"。

既是环而不周，
必是先有环而后有玦。

环是天象，
天生万物，
好比垂象。
人也出自天，
人本来也是无缺的吗?
这缺口是谁开的呢?

是受古蛇引诱而缺陷的吗?

人知其有缺而断其环为玦。

生命受引诱而错失，
从此走向死亡。
永生是无瑕的，
不可玷污，
没有任何缺陷。
死是缺陷的代价，
凡缺必死。
一生难以补缺，
补了东头，
西头尚缺；
补了上头，
下头又溃。
随着时日，
缺损与过溢愈多，
直至消散。

这是命定的缺口，
知缺而求周。
自己难以周全，

心中便仰望神天。

这是信仰的起点。

有人在古墓中看见玦置于尸体耳侧，

便想这是耳饰。

难道古人的双耳是铁铸的吗？

竟承受得起盈握一手的玉玦？

又有人在古墓中见玦置于死者眼眶中，

便猜测那是独目者以玦代盲眼。

难道玉玦比玉珠更接近眼珠吗？

或者古人的眼球都是玦状的？

啊，自作聪明的现代人啊，

总以这家的巫术取代那家的巫术，

说是实证了，

放之四海而皆准了，

总要看得见摸得着才相信！

然而正好比望远镜延伸人的目力，

扩音器放大声的细节，

远古时候的人要用玦来伸展他们的视听。

那天象之环的开口中，

有耳目所不及的秘密，

藉玦以闻万籁，

藉玦以观万象。

你听见了吗？

你将玦放在耳边，

你听见了什么？

你难道没有听见植物的声音吗？

没有听见花开的声音吗？

你将玦置于眼前，

你看见了什么？

你没有看见身后的事物吗？

任脉朝向你，

督脉没有显现吗？

你没有看见你前生的样子吗？

从前生到今生再到来生，

不断投生，

却不是永生。

只有不屈不甘的魂灵要来回转世，

一生错失，

再一生还是错失，

不断的错失，

轮回的苦难，

唯全恩的赦免，

方能出离轮回之苦。

上帝是一切智慧的源头，

倘隔绝了智源的开启，

以玦饰，以玦从礼，

那玦还有什么用处呢？

说是勇士用来决断的，

说是君主用来赐玦绝人的。

如果是这样的，

玦是多么可怕的凶器，

又是多么险恶的诅咒啊！

现在好了，

我得到了玉玦，

这是我一生中第一块玉玦，

我的视听被打开了，

我闻所未闻，

见所未见，

我由着玦的引领开启了新的叙事。

这些事都是新鲜的，

又是最初的，

世界本来就是强弱有异的。

人在命运中多好啊！

人在命运中多美啊！

为什么要自强不息呢？

有人强盛就扶持我软弱吧！

帮帮我，可怜我，

垂怜是最美最雍容的姿态。

长久了，

那骄傲的叙事，

使我们因不知缺而越发丑陋了！

新的叙事是夸耀软弱的，

是赞美垂怜的，

是张开双手、松软颈项的。

你没有看见那更古远的玦吗？

它周身光美，玦口粗劣，

它虚位以待，

等着最美的诗意降临，

来充塞和抚慰此生的残苦。

我是诗人，

我之所以成诗的原因，

是因为我一直等待，

等待圣灵将我充满。

第二首　圭

圭，瑞玉，
重土的样子，
因为人尊上天之名为圣，
愿上天之国降临，
愿祂的旨意行在地上，
如同行在天上。

上天之土垂降地下之土，
在世也在天堂。

人的国是比照祂的国。
我们日用的饮食由祂赐予，
祂免除我们的债务，
如同我们免除他人的债务。

在上天之土的恩罩下，
人不遇试探，脱离凶恶，
因地上的国度、权柄和荣耀，

全是出自于祂，
直到永远。

人君执圭临天下，
作为辖疆分封的符信，
见圭如见天命。

古书上说，
大禹勤苦，
忧天下而厚人薄己，
居陋室矮宫而尽力于疏浚沟渠，
于是玄圭出。

天赐之圭是苍黑的，
因那是天的颜色，
湛蓝湛蓝，
以至于深不见底而沉沉。

天截一角一方成圭，
上圆下方，
天疆圆，地界方，
象天象地，
人君持之而应天地，

应天地而得四方会同。

先有玦而后有圭。
以玦闻天意而知圭命。

第三首　璧与琮

璧，人牝之象，
琮，人祖之形。

人若犯了罪，
要以献祭赎罪。
罪就是死的根源，
不可活，
然神天爱人，
以献祭替代。

祭，就是死，
宰杀牲畜以代人死。

上天悦纳燔祭，

乃是要洁净所献之物，
都要切成块、烧成灰，
全然焚尽。

有素祭，鸟祭，牛羊祭，
其中最贵的是玉祭，
以玉造人的样子来献祭，
乃是替代人祭。

人自己犯罪，
当自己死去。
用鸟兽牲畜替代，
乃是恩免；
用璧牝与琮祖替代，
象人以替代人，
更是特殊的恩免。

在活人为赦全罪而来之前，
有什么好过玉祭呢？

欠账总要偿付，
犯罪总要赴死，
每欠每犯都记在簿上，

分毫不差。

玉是至洁之物，
上天赐下天体代活祭，
乃是叫人记住罪失偿过，
却不是计较。
倘计较，
何必复赐祭物？
人之过，
天竟帮人偿还，
这乃是教导。

玉国的人，
得着天启，
以琼璧而得着至佳祭品，
保了活人，
又存下活牲，
何其幸也！

然而，
天道是公平的，
立约之后又赐下人子以全赦天下。
人子做了活祭，

跟随他认领福恩的于是不惧死，

死必复生，

已然战胜了死。

是故守着玉祭的，

岂可胜过认领活祭的？

由玉得着便宜的，

终究也因得着便宜而迟领福恩。

如今璧琮之祭已不蒙悦纳，

人无论造璧制琮都不可替代死价。

唯有跟着活祭的道归正，

而这佳讯却存在造璧制琮的玉中，

因玉体即天体，

天体中保守着全部神圣的讯息，

天体也又将新赐下的恩典贯通全天下。

先有玦而后有圭，

先有圭而后有璧琮。

执圭之君司祭献璧琮，

君亡而祭终。

第四首　玖

"我若能说万人的方言，

并天使的话语，

却没有爱，

我就成了鸣的锣、响的钹一般。

我若有先知讲道之能，

也明白各样的奥秘、各样的知识，

而且有全备的信，

叫我能够移山，

却没有爱，

我就算不得什么。

我若将所有的赒济穷人，

又舍己身叫人焚烧，

却没有爱，

仍然与我无益。"

爱是什么呢？

你能看见吗？

爱的样子是温润的，

像女人腕上的珊。

《山海经》上说：
"伦山有兽如麋，
其川在尾上。"
川的意思是窍穴，
玉川就是玉做的穴。
女子曰好，
好也是穴的意思。
做一个手环，
套在腕上，
是借天象护佑一生。
人以玦应己之缺，
人借环而得天力。

做女人是要温润的，
束于环中，
由爱管着，
由爱看护着。
没有手环的女人是危险的，
无依无靠，
谁来环护你？
有了手环的女人是有福的！

上天一直与她同在，

有万箭难穿之甲，

有百毒难侵之衣。

女子之穴对应天圆之象，

于大穴中安小穴。

女子之好，

可大过寰宇吗？

女子戴珋，

屈于珋，

受珋匡正，

并不以环圆自居，

是得到应许的。

那是人母伏罪的样子，

那最初的原罪不可越出。

玦归人所共用，

唯环做女子之戒之盾。

每个女子皆有一珋，

与生俱来，

或得自于父母，

或得自于男子，

或于长夜辛苦中偶遇。

你怎可没有玉玔呢？

你并不是荒野中奔突的母狼，

也不是空茫中断翅的雌鸟，

你是荣耀男人的女子。

"起初，

男人不是由女人而出，

女人乃是由男人而出，

并且男人不是为女人造的，

女人乃是为男人造的。

因此，女人为天使的缘故，

应当在头上有服权柄的记号。"

玔，就是这样的记号，

于腕上如同在头上。

玔，贯穿在手上，

爱的光泽流转始终，

爱的律法无界无疆。

"爱是恒久忍耐，

又有恩慈。"

圣人说：

"君子哪怕寝食须臾都不可背离爱，

造次之间亦如是，

颠沛流离亦如是!"

圣人又说:

"难道你要他坚守匹夫匹妇的节义,

无声无息地自缢于山林沟壑吗?"

"爱是不嫉妒,

爱是不自夸,不张狂,

不做害羞的事,

不求自己的益处,

不轻易发怒,

不计算人的恶,

不喜欢不义,

只喜欢真理。

凡事包容,凡事相信,

凡事盼望,凡事忍耐。"

圣人说:

"唯爱才有标准,

喜欢谁,讨厌谁,

绝无私心。

德不孤,必有邻。

爱离我远吗?

我要爱,

爱就来了。

爱是己所不欲，

勿施于人。

刚毅木讷，近于爱。

爱是无忧无惧。

君子行走天下，

无敌无亲，

要紧的是一个义字，

所谓'公义'。"

"爱是永不止息。"

圣人说：

"谁可以致力于爱？

我不曾见过气力不足的，

抑或也有，

只是我不曾见到。"

先有玦而后有圭，

先有圭而后有璧琮，

先有璧琮又后有珈。

古时的巫术废了，

人君的权柄废了，

由权柄设立的祭祀废了，

但上帝的爱不能废除。

�是爱的保证，

直到永永远远。

第五首　北极玉

大荒中有山，

名曰衡天，

那里有肃慎人的国。

肃慎就是女真，

同音不同转写。

肃慎人就是阿伦的后代，

沿着海滨的低地迁徙下来。

衡天或者就是大鲜卑山，

古书上说，

从此往北，

有盘木千里，

是先民之地。

洪水之前，

有久远的历史，

也许大地偏移过，

如今的北地乃是先前的中土。

日头不再直射故地，
那地上的葱郁之木便凋谢了，
野兽也追着温暖的地方去，
先民随着野兽的足迹流转。

说是千里盘木之地之北，
又有山名北极天柜，
从那里，
海水北注。
天柜之神名九凤，
九首人面鸟身，
南来的先民口口相传，
不忘先祖的样子，
刻做有云翼的玉佩。
说是犬戎最早也居住北地，
黄帝生苗龙，
苗龙生融吾，
融吾生弄明，
弄明生白犬，
白犬有牝牡，
是为犬戎。
犬戎是白的，

阿伦的子孙是黄的。

白犬随着羊儿人于捕鱼儿湖由西而来，

人们又称犬戎为塞种，

为斯基泰人。

犬戎与黄种人融合后成为突厥，

也成为波斯人印度人的祖先，

也成为天女的子民，

后来叫作畏兀儿人。

再往北就是地极了，

地极的东面有牛黎国，

国人有肉无骨，

睁眼天亮，

闭眼天黑，

昼夜全是由目开阖。

国中有四十四神，

有二十神人面马身，

以香草焚熏受祭；

又有十四神状如猪，

嗜玉，身载玉，

受玉供奉；

另有十神猪身蛇尾，

受燎璧祭祀。
大凡四十四神，
亦共受生米祠，
不火食。

那些人面兽身的怪物，
都是天使与人的女儿中美貌的所生，
他们恣意妄为，终日所思尽皆恶，
这令上帝后悔又忧伤，
便起念发洪水，
要灭绝地上有血气的生物。
唯独叫作挪亚的一族得天恩庇护，
洪水时于方舟中安然无恙。
挪亚按上帝所嘱，
将禽畜鸟兽之种带入舟中。
挪亚之族保存了种子，
也保存了以往各样事物的名目。

洪水后新生之民，
将故人的样子刻画在玉上，
成为玉照，玉像，
有兽首巳玦，
有头顶生角的坐偶，

也有古动物的遗像。

他们起初刻这些玉，

并不是为了拜偶像，

乃是为了记住先人的形貌。

上帝与幸存者立约，说：

"我与你们并你们这里的各样活物所立的永约是有

记号的。

我把虹放在云彩中，

这就可作我与地立约的记号了。

我使云彩盖地的时候，

必有虹现在云彩中。"

所以，起初的约不是立在经书上的，

而是立在云中彩虹上的。

天上见虹，

地下必有玉。

玉乃云之根，地之骨，

精神见于山川，

气贯长虹。

"虹必现在云彩中，

我看见，

就要记念我与地上各样有血肉的活物所立的
永约。"
上帝对挪亚说，
"这就是我与地上一切有血肉之物立约的记号了。"

那北地的玉是苍碧的，
是天空晴朗时的颜色，
如今埋到冰层底下去了。
有人在加拿大卑诗省的撒利希寻见了玉器，
有刀斧，有珠玦，
像是祭祀十四神的遗玉。
又有人在育空区寻见了玉矿，
细密莹润，色纯无瑕，
脉壮如山，逶迤百里。

最后的皇朝时，
有华工往美洲去，
从北地带回北极玉，
献给圣母皇太后。
有人说，
那西洋画中的圣母，
一手的碧玔是滇玉，
另一手的碧玔是北极玉。

北极玉的纹理是清晰的，

丝丝入扣，条条分明。

所谓理，

就是玉之里，

天之里，

天的秩序。

万物都要按照玉之里的走向铺排，

不可横出，不可逆乱。

先有理而后有万物，

先有万物而后有人，

先有人而后有神鬼。

玉，从北极顺理延伸，

直到大鲜卑山，

直到捕鱼儿湖，

直到南越及诸岛，

直到昆仑瑶池。

东方的民人循着玉路繁衍，

于玉脉环绕中立国。

第六首　珣玗琪

玉理伸到大鲜卑山，
出为珣玗琪。

古书上说：
"东方之美者，
有医无闾之珣玗琪焉。"

珣是美玉，
琪是美玉，
玗是似玉之石。

医无闾是一座山，
也是一个地名，
女真话音。

在云芳阿婆隐居的细玉沟，
河中出了璞玉；
循河而去，

490

有山中玉根，

本地人称为"老玉"；

其山又出一种似玉的美石，

碧绿澄澈，色若鲜果。

璞玉，老玉和美石，

也是三种玉，

对应着古人所谓珣玗琪。

又说：

"朝鲜西北太尉山有千年璞，

中藏羊脂玉，

与葱岭美者无殊异。"

葱岭就是天女居住的昆仑山，

太尉山说的是长白山。

细玉沟的璞玉有白若羊脂的，

但多见玄黄交错的。

汉人书籍中说珣玗琪是"夷玉"，

夷是背着弓箭狩猎的人。

啊，那是他们的祖先呢！

从盘木之地而来，

顺着海滨葱郁的低地，

一直繁衍到南越诸岛。

那狩猎的人喜欢设陷阱，

多有虞谋智略，

后世人又称他们为商量之人，

就是商人。

商人在辽河左右用珣玗琪，

到了泰山南北用珣玗琪，

直到大江太湖也用珣玗琪。

他们喜欢玄黄之色，

接近天的颜色，

接近大地生出的万木之色。

西面出来的羊儿人，

用的是别种月氏之玉。

月氏之玉也多为玄黄，

到了汉使穷河源之时，

才有白若脂膏的新玉出来。

夷者夷也，

却是本来之夷。

人怎可忘记他的根本呢？

在夷玉的北面还有北极玉，

如今的北极曾是地的中央，

白的、黄的、黑的人种都是那里来的。

挪亚的三个儿子叫作闪、含和雅弗，

他们的后裔伸到世界各地。

人们按照现在的地名记忆古代的事情，

怎有不错乱的呢？

人的族源其实是同根的，

无须夷夏之辨。

夏，不过是身手俱全的意思，

华夏，不过是有头有脸有面子的意思，

那不过是指文明，开化。

哪一处的文明开化之夏不是出自夷？

夏出自夷，

夷出自土，

土出自天。

天与夏夷共约，

约在北极玉上，

也约在珣玗琪上，

今又将新所约立的讯息从四方玉脉中显示出来。

珣玗琪又复出了，

这是要叫人记起曾经的约，

又用新立的约来完备。

新立的约，

就是要叫曾经格于皇天的皇玉落入民间，

叫每个人自行与上天沟通。

人既属灵保守，

血肉便终要归于圣灵。

由圣灵驻守的肉身必认得神天，

认得神天的人必认得神天之子。

直到你认出祂的爱子，

并认领爱子赎出的永生，

你的苦痛和罪孽才完抵。

第七首　瑶琨

古有九州，

淮海惟扬州，

江之南曰扬州。

荆州宜荆，

扬州宜杨，

遍植杨柳地。

494

杨州贡瑶琨，

瑶琨美玉也。

瑶琨的颜色是五彩的，

有烟霞的明丽，

有火焰纹缠绕。

常有诗以琼喻瑶，

琼为玉声清脆，

琼为玉色朱赤。

瑶琨五彩中，

赤为主色。

赤是南方的颜色，

火的颜色，

生在南方，

由火神主管。

火神以瑶枝为佳馐，

又磨琨糜为米粮。

瑶酥琨脍，

火神竟敢僭越先享？

诗人喻飞雪为瑶妃琨姬，

又谓踏着碎瑶乱琨，

那分明是雪白的颜色，
如幼妇肌骨。
那瑶琨的内质是润肪，
经络里有活血，
难不成是南人的魂魄？

在大江入海的湿地，
自北南来的狩猎人以瑶琨祭天。
那璧琮的形制与北地无异，
还有玦和珠，
又多了玉剌和玉管。
玉剌缀在玉管间，
是用来抵厄御灾的，
就像盘木森林的时代，
用木剌扎在熊的脚印里，
那样就可以将熊的脚搞坏，
不射而获。

得瑶琨护佑的黎民，
先是用前人从北地带来的珣玗琪，
寻着瑶琨之后就多用瑶琨，
他们居南方火地便愈爱火赤之玉。

火赤之玉，

难道不也是一种见证吗？

经上有全部的真理，

却不是全部的见证。

日没地的书约得自云中彩虹，

日出地的玉约不也是出自长虹吗？

啊，人以见证的经验为信，

还是以真理为信？

见证南国北国，

还是见证天国？

上天与活物的永约记在彩虹上，

传递到约书里，

传递到玉中，

传递到文献典章中。

如果以上帝之名撰写的诸书为圣经，

那么以上帝之名传习的经史子集也是圣经，

以上帝之名琢磨的玦璧琮圭珧也是圣经。

圣经是上帝默示人的话语，

由先知说出来，

却不是祂的原话，

上帝以诸法万千默示人。

而全恩救赎只有一个，

无论北极玉，珣玗琪，乃至瑶琨，

都要指向彻底的拯救。

东方的民人们，
没有谁可以出离玉的匡围。
那将要入海的大江，
那面临海中诸岛的沙地，
不也在瑶琨的监护下吗？
那火赤的颜色是你们的方式，
那润肪的玉里写着天理。
天理唯一！

天理唯一，
太初有道。
那瑶琨之民从玉中听闻的，
竟与从海外传来的，
是同一个声音。

红的高墙，
红的灯笼，
红的衣裳，
红的典礼。
瑶琨之色染遍东方，
然而红透的颜色也要傲骄。

红就是红，

再红也是颜色，

红玉才是玉。

第八首　球琳

那天女统领的西疆之国，

印度人称之为瞿丹，

西人称之为豁旦，

匈奴称之为于遁，

都是来自古名伊甸，

汉人称之为于阗，

或者于殿。

于阗的意思是地乳，

就是经书上说淌着蜜的地方。

天女曾对穆天子说，

她乃天之女，

天父嘱她看守玉路并人间寿厄。

于阗之地产出的美玉，

典籍上叫作球琳。

典籍上还记载，

说天女所辖之地，

曾有天梯通达天庭，

人与天神曾以天梯上下往来。

这必是洪水之前的事了。

然而这一处真是远古的伊甸园吗？

人父与人母曾被上帝逐出伊甸园，

上帝在伊甸园东边安设基路伯，

又有四面转动发火焰的剑，

要把守生命树的道路。

人要是吃了生命树上的果子，

怕是永生不死了。

这与罪罚至死的道理不合，

与上帝的规则相悖。

那基路伯就是有巨轮和四翼的圣天使，

浑身冒着精金之光，

羽翼张扬时，

似大水喧腾，

似万众轰鸣。

如今地上哪里有基路伯和火剑呢？

但当人的足迹遍布大地之时，

有谁见到呢？

洪水之前的地貌改了，

洪水之前的地名被记下了。

于是，有人将伊甸的名字冠于新地，

就在天女管辖的昆仑山川。

那里或者洪水之前真有天梯，

但那里却不是创世之初的伊甸园。

在玉的叙事中，

仿佛黄的、白的和黑的人种，

都是从北地下来的。

北地原先在地的东方吗？

如今地轴偏移了就改到北极了吗？

如果那里曾是人初所出的乐园，

那四面转动发火焰的剑呢？

难道就在冰层之下吗？

或者从天上看是火，

从地上看就是冰呢！

伊甸园被冰封了，

于阗是对乐园的美忆。

啊，

那原先的山河与现在的山河不同，

那文化的山河与地理的山河不同。

汉使穷河源穷到了于阗，

地理发现大河的源头在约古宗列，

究竟哪里是真正的源头呢？

那文化之文原是刻玉之纹，

文化本出自玉化，

玉化乃是诗化的物象。

那夏人和商人的后代说他族为化外之人，

所谓化外，

就是玉化之外，

在玉国之外。

玉国之人啊，

千百年以来，

你们真的玉化了吗？

诗意何以长久不临到你了呢？

为何千村万户空无人烟？

为何满街声色竟无诗书？

曾经天工推出的美玉沉没在地底，

如今四面复出的美玉要再化人一次吗？

化中之人只消一个眼色，

化外之人隔着合同与手册，

汗牛充栋的合同与手册，

终究难以描述千秋之雪、万里航船！

玉化是属灵的进程，

将信心充满你；

而非玉化是肉身的下坠，

令人小信而疑虑重重。

西地的球琳复出了，

这是东方的佳讯。

但当古老的叙事终结之日，

一切都要从头开始。

你不会的，

它教你；

你遗忘的，

它帮你全都记起。

球者，天球也，

书上说：

"雍州所贡之玉色如天者。"

琳者，

青色玉也，

取双木成林之义，

青春与生命的颜色。

球琳多是如拳如果的玉籽，
以玉之种籽之象垂示，
你抚其在手，种到心里，
就会受其滋养，
渐渐发鬓毫细，
如云似烟，
渐渐肌骨分明，
楚楚莹洁。
玉的课程是无声的，
好过大学讲堂的课本，
丝丝入里而不自觉，
于城市的喧嚣中安你躁戾，
于人生的挫折上续你命脉。

那滚滚而来的球琳，
像米粮开仓一般，
已然涌到你家门口。
河干水竭，
桑谷、树雅的古地，
被淘玉人挖空的胡麻地，
如今从哪里又浮出五彩玉籽？

那是人母补天的五色石，

那是天帝日飱夜用的汤膏，

如何就那么轻易地到你面前？

是玉择人，

而不是人择玉。

你要，或者不要，

球琳都已将你围住。

你难逃玉化的命定，

难逃玉的追踪。

谁可以被遗漏，

漏在化外呢？

世界是不需要实证的，

实证的河源随着大地变迁又会改变；

世界正在玉化中，

玉化的人面与桃花，

再不是门户的阶层隔绝。

玉化弥合伤裂，

玉化消除仇恨，

因爱的真实难道不强于因恨的现实吗？

玉化不是做梦，

只有现实的人才做梦。

玉化是理想，

信理在先，

由理生出的万物毁坏了，

玉理再梳理一遍。

万事万物不出其理，

已有肉身成理，

宇宙间发生了这样的大事，

人的怀疑算得了什么！

起于疑，

如何止于信？

起于小信，

必止于疑。

唯至信无疑！

第九首　永生之玉

玉中脉理交织有间隙，

留驻天地间精魂。

天养玉时，

得四方天气，

在南受火而见红，

在北水涵而色玄，

在东得花木交缠而青碧，

在西与金石交错而洁白。

人养玉时，

得人之才情性灵，

婉丽者佩而娇，

刚毅木讷者藏之韧，

雄豪者持之美，

仁者润，

智者缜。

玉之天质不变，

得气则承气而见性。

凡外物予玉以精华，

玉亦必出精华而养外物。

人与玉处，肌肤贴恋，须臾不离，

则玉与人接，玉中有人，人中有玉。

玉中理隙间有万物精魂，

出而养人令不坏不死。

真的不死不坏吗？

西北北荒中酒泉，
美如肉，清如镜。
荒中有玉尊，
取一尊，复一尊，
与天地同休。
饮此酒不死。

《抱朴子》言，
食玄真，命不极。

玉壶盛酒，
虽粗醪，
久则美如甘醴。

玉瓮盛肉，
虽三伏酷暑，
历数日不腐。

武王驰射，商师大崩。
纣王取天智玉与庶玉，
登鹿台，衣以自焚。

508

凡庶玉则销，

天智玉不销，

王身首不毁。

炀帝之姬朱贵儿，

插昆山润毛之玉拔，

不用兰膏而云鬓鲜华。

有发冢者入墓室，

见有女子年可二十状若生，

臂有玉玔，

斩臂取之，

复死。

又有帝侯，

以金缕玉衣入殓，

为求尸首不朽。

汉人殡葬，

置玉塞于口耳二阴内，

为使气不外泄，

得玉助而升仙。

玉可润鲜，

可延寿，

可疗冤疾，

可有万千精魂出而扶命。

扶固扶矣，扶助而已，

岂可长生不死？

人既怀罪而生，

死是罪的代价。

玉是一笔贷款，

借贷而抵偿，

抵一时而不抵一世。

得宠的男孩儿不生病吗？

得宠的女孩儿不出嫁吗？

玉的恩宠乃是特殊的方便，

偿还的数额实难免去。

风神，雷神，雨神，灶神，

谷米神，道路神，山川神，虎豹神……

所有的大神有神天大吗？

他们都来帮人永生，

一步一步靠近永生，

离永生还有毫厘之距，

却仍然有天涯之遥。

接近永生并不是永生，

万里不至永生，

与毫厘不至永生，

都是不至永生，

其实并无差别。

永生的反面就是死！

然而，众神的大能不是指向永生吗？

不是揭示了永生的秘密吗？

哪一方神圣不是拜伏在神天脚下乞生呢？

他们从死中筑起生的高台，

让我们在世人的无奈中望见永生。

祂已经派来了死中复活者，

那虽从罪身降生的，

正是祂自己！

这是玉与永生的第二层意思，

如今正要显现出来。

由玉而得众神便宜的，

怎可不隆祀而谢？

唯由玉而闻佳讯的，

由玉而领受全恩的，

因着祂的无限宽爱而无偿。

由玉而求永生之路是先设的，

第一条路靠近永生，

第二条路才得着永生。

第十首　玉壶春

人君赐给王妃一枚玉簪，

那是叫作瑶枝的一截。

在南海诸岛中有一个地方，

真的有玉树从地心长出。

如果没有尘埃隔绝，

天，从上而下贯通一体，

是没有天与地的界限的。

尘埃埋没了玉脉，

然而尘埃哪里抵得住玉力升华？

有宫人嫉恨王妃，

趁其不在时开启宝盒。

她们紧盯玉簪，共谋碎之。

不想这簪能瞥透宫人心思，

但当有一只手伸向它时，

玉簪化作一尾燕儿，

从匣中飞出，破窗而去。

说是恶人手中必无美玉，

什么样的人是恶人呢？

恶人这词的意思，

并不是罪人；

恶人是不想别人好，

毫无敬畏心。

唐时有书记官伏案时，

常见白马于窗前。

那白马绿鞍绿辔，

逡巡徘徊于庭中，

温良恭顺，似曾相识。

官人记起他妻子有一握玉马，

用绿丝系于臂上。

于是去寻，

见妇人安卧枕上，

睡中已解去绿丝。

每醒来，便戴上，

每欲睡，便脱下。

脱下的玉马竟走到庭中，
于主人疏忽时便出来嬉戏。

又有晋时守夜人，
每于夜中闻马嘶，
不近不远，
似在厩中，
又似在回廊。
久闻之细辨，
察知声从地出。
嘱人掘土数尺，
寻见一骑玉马，
高二尺，长三尺六寸，
夜视有光，照彻暗路。

始皇帝命玉工刻玉虎，
刻成后点睛，
虎竟去而不返。
次年有南国来使献玉虎，
见栩栩如生，
只是睛不可去。
那虎经历了什么？
又何以归返秦宫？

有玉一双，

一圆一方。

圆玉成龙祷雨，谓珑；

方玉化虫唤风，谓琥。

夫差膝下小女名玉，

慕少年韩重不得而死，

葬于阊门外。

重往而吊之，

玉出冢相见，

宛颈而歌：

"羽族之长名凤凰，

一日失雄，三年感伤。

虽有众鸟，不为匹双。

难得我现身逢君见光。

身远心近，何尝暂忘！"

歌毕，邀重入冢。

重心有疑惧，不敢随往。

玉曰：

"死生异路，

我难道不知吗？

然一别永无后期，

你怕我如今做鬼会害你吗？

玉甘以身心奉献，

你居然不信？"

重感其言，于是送玉归冢。

玉与重于墓中饮宴，

凡三日三夜，尽夫妇之礼。

临出，赠玉壶与重，道：

"身名俱毁，

再无话可说。

若君复得见王，

将玉壶给他看看。"

重见夫差，

夫差怒，道：

"吾女既死，岂能复活？

你讹言惑人，以玷秽亡灵。

此不过发冢取物，托以鬼神。"

王欲治罪，

重逃脱往玉冢哭诉。

玉妆梳俨然，

往宫中见父。

父诧异，

玉俱告实情。

夫人闻之，

出而抱玉，

玉霎时烟然而消。

玉壶乃子宫倒悬，

生者正，死者反，

子宫藏着生的讯息。

人有诚爱，

虽死不复生，

然其愿可遂。

玉壶亦盛酒之器，

酒有活力，可通神，

故酒又有别名，曰春。

玉壶春，

玉壶怀春，

玉在这事上，

又再一次指向永生。

第十一首　失玉复得

宋的第十个皇帝，

名叫赵构。

赵构在临安时

曾宴请群臣共欢。

席间，见循王张俊持美扇，

扇下垂悬玉孩儿坠子，

他认出那是他的旧物，

十年前迫于女真人追逼，

避祸于海上时坠落水中。

赵构十分惊异，

如何玉孩儿在张俊手上。

问何来，

俊答于清河坊铺家买得。

召来铺家问，

说是得于提篮人。

又寻提篮人来问，

说是于候潮门外陈宅厨娘处买得。

又问陈宅厨娘何处得来，

回复说破黄花鱼腹得之。

赵构大喜，

以为失物复得乃吉兆，

于是赐官予铺家和提篮人，

又封了陈宅厨娘，

更厚赐了循王张俊。

到了淳熙年间，

明州有学子过曹娥江，

见渔翁捕得一尾大鲤鱼，

买来切细做鲙，

剖鱼腹见有玉印，

印上有字不能识。

学子将玉印卖给提举，

提举佩着玉印入德寿宫，

赵构见了甚为诧异，

问何以得之，

提举俱告来龙去脉。

赵构凄然喟叹：

"这是我的旧物啊！

曾在故都时，

玉册官刻了'德基'二字，

那是太上皇赐下的表字。

避敌海上时不慎堕水，

算起来至今四五十年了！

怎就复得？

怎就复得？"

经上说，

浪子回头金不换。

那离家的浪子并不是玉，

这比喻是指着玉仁的丢失。

人丢失玉，

是难以找回的，

是玉自己寻回来的；

好比人丢失了仁爱，

最终是仁爱寻回来了。

仁爱像这玉孩儿一样，

并不放过人，

一生追踪不舍。

怎就寻回来了呢？

怎就寻回来了呢？

第十二首　白泽图

那羊儿人的王，

曾巡狩至东海，

在海滨遇见神兽，

那兽名叫白泽，

羊身，顶有独角，

龙天使所化。

白泽能人言，

凡精气为物、游魂为变者皆知。

王令其将所知俱图示天下，

成书名曰《白泽图》。

那时候，

地远海深，

盘木千万里，

村邑间有旷野阻隔，

精灵出没其间，

人常为之所害，

又多有得惠。

白泽一出，

精怪震栗。

后来人多了，

野地少了，

精怪渐无处立足，

大部都消散了。

白泽于是携着《白泽图》也隐去了。

白泽复出时，

人不记古事，

便叫作角，

就是王胜发了悲悯心呼应而来的。

角的眼神哀怜，

角的嫩角焕丽，

这叫王胜无心去想真实还是虚幻，

或者那独角的角，

正是他的心镜，

照见他内里的面貌。

然而，王胜的宝剑刺死了角。

那一刻，地大震不息，

独角的角与王胜被震入罪的底处。

啊，即便神兽与宗师亦同负重罪！

此事正应了古谶：

"羊有一角当顶上，龙也，杀之震死。"

白泽的书上记着：

山中有大树能说人话，

不是树说话，

乃是树精在说话。

树精名叫云阳，

喊他的名字则安吉。

走夜路，于山中见火光，

不要惊怕，那是枯木所化。

山中夜里见到胡人，
那都是铜铁之精。

有自称官吏的，
不断呼喊人，
不见身形，但闻其声，
用白石子朝那声音掷去，
则声止息，
也可用芦苇做长矛状刺杀，
则安吉。

寅日于山中遇自称山林官的，是虎；
自称道路官的，是狼；
又有称县令的，是老狐狸精。
辰日称雨师的，是龙；
称河伯的，是鱼；
称无肠公子的，是蟹。

造一所房子，
三年不住人，
屋子里现出一个小孩儿，

身长三尺，无发，

见人则掩鼻，

遇之便有福。

火之精名叫必方，

长得像鸟儿，

一足独立，

记住它的名字，

喊它的名字，

便自离去。

水之精叫作罔象，

像个小孩儿，

黑身，赤目，大耳，长爪，

以绳缚之可得，

烹煮食之，大吉。

在废弃的古墓里有精怪，

名字叫作无，

像一个老役夫，

穿绿衣，操木杵，好舂米，

记住他的名字，

喊他的名字，

可令家中五谷丰登。

古井深渊中有精灵，
名叫观，
形貌似美人，
好吹箫。
记住她的名字，
喊她的名字，
便自离去。

深水中卵石之精名庆忌，
出水如人乘车盖，
一日驰千里。
记住他的名字，
喊他的名字，
可令人从水中多获鱼儿。

百岁老狼化为女孩儿，
名叫知女，
常坐路旁，
见男子道：
"我无父母兄弟。"
若娶回家做妻，

几年后便又吃人。
记住她的名字，
喊她的名字，
则逃走去。

旧猪圈里有精怪名卑，
长得像美女。
倘持镜而呼其名，
可令她知愧而去。

又有一种树精，
穿黑衣，立于路旁，
用桃木做一枚簪子，
插进她头发，
并喊她的名字，
就可带回家享御。

又有一厕精，
形貌似白发长者，
戴高冠，
全身雪白，
喊他的名字可发财，
遇而不呼其名，

三日内必暴毙。

……

凡此种种，
记住众精灵名字，
呼喊名字，
都可获平安。
记住名字是最重要的，
名字是有力量的，
喊出来有声音的力量，
写下来有形象的力量，
音与象，
是人世的全部，
人以耳目与万物相联，
人达万物以耳目，
万物及人以音象，
对于人来说，
并无音象以外的世界。
那时候，
人多懂得名字的力量，
人依名而掌管万物。
倘失去物名，

则失去权能。

上帝将名的缰绳套在人的手中，

让人牵动缰绳来牵制万物。

另外，

芦苇是可以辟邪的，

桃木也是可以辟邪的，

而这些之上，

玉是一切辟邪之最。

不过，在白泽看来，

诸神众精灵是平等的，

即使玉精也不过是普通一精。

白泽说：

玉之精，

名叫委然，

穿著青衣，

遇着她，

用桃木做戈刺之，

并喊她的名字，

则获美玉。

或夜里见到女孩儿，

佩戴闪烁烛光的石头，

这石中之光即是美玉。

一神大过一神，

众神之神，玉也，

大能之能，唯玉也。

然而，玉也不是至高者，

纵然万神之上，终究一帝之下。

是故，白泽将玉并列在众神之中，

令人记得用玉，

却不可信靠。

第十三首　玉用

玉既为用，

须知其性。

玉质即天质，

天有阴晴雨雪，

寒暑往来，

玉亦如斯，

只不过时间不同，
在上阴晴须臾转瞬，
在下寒热数载为之一变。
天既以玉质落入人手，
玉于是通人性，知天意。
又玉埋入尘埃川砾间，
与地土渊泉交互不断，
故玉亦染地气。
天人地虽隔绝，
有玉则贯通。

寰宇间玉道不可见，
非路，非桥，非直曲之线，
却因贯通之性而可直达。

贯通，是玉的本性，
人借玉可上天入地，
状神神在，
状人人在，
状万物万物在。

那时，
扶桑国有进观日玉的，

大如镜，方圆数尺，

明澈如琉璃。

映日以观，

见日中宫殿皎然分明。

唐时元和年，

西域于阗国进献美玉，

一圆一方，径各五寸，

光色凝冷，可鉴毛发。

圆者，龙也，

为龙所宝，

投之于水中，

虹霓立出；

方者，虎也，

为虎所贵，

以虎毛拂拭之，

紫光迸逸，

百兽慑服。

有妇人夜闻物动析析，

迨醒来，

于枕下得玉猪一双，

随手置于枕中，

每夜枕玉猪而眠。
自此资财日增，
家道殷富。

孔子作《春秋》，
告备于天，
忽有长虹化黄玉而坠，
长三尺，玉上有字。

西国有软玉鞭，
屈之则首尾相就，
舒之则径直如绳，
节文端妍，光色劭美，
妇人用之淫合，
其效胜力士。

刘邦的母亲游洛池，
遇玉鸡衔赤珠出水，
珠上有字曰：
"玉英，吞此者王。"
吞之果生大君。

昆仑有瑶树，

树上生桃，

须以玉井泉洗，

便软可食，

食之者寿。

杨贵妃肉体肥盛，

苦热肺渴，

每日含一玉鱼，

借其凉津沃肺。

神农时有夜明玉，

投水浮而不灭。

蝉，择高枝而居，

鸣清亮之音，

吮芳醇之露；

蜕于浊秽，

以浮游尘埃之外。

人寄托升华之愿于蝉，

遂刻玉蝉求羽化，求高洁。

龙生九子，

其一曰貔貅。

貔貅又名天禄。

貔貅无魄门，

只进不出，

又只食脏邪，

化为金银，

故人借以积财不外泄，

亦借以辟邪镇墓宅。

有书生日暮时外出，

有白兽狂奔而来，

与之擦肩而过。

视之，似曾相识。

兽去数里而返，

谓书生曰：

"汝不识乎？

汝乃吾主，

经年得汝养，

故活，

出而谢，

日后为主积金万石，

可裕如无忧。"

言罢又去，

书生寻玉貔貅，

见佩绳已断，

玉半落袖中。

蛇、蝎、蟾、蜥蜴、蜘蛛，
合称五毒。
刻玉五毒以毒攻毒，
疗五脏毒。

妇人揣玉童子，
招孕贵子。
甚验。

玉者，寓也，
寓人心气志愿；
玉者，浴也，
涤人尘灰污浊；
玉者，欲也，
存人性情活气；
玉者，育也，
养人灵秀品概；
玉者，遇也，
遇人命中福祚；
玉者，裕也，
丰人寿禄荣誉；

玉者，喻也，

晓人物理真知；

玉者，域也，

通天达地以至无限。

第十四首　我的心中充满了喜乐

春深了，

我的园子里的花儿都开了。

当有橘子花落在案头时，

我见玉玦复现宝光。

那玦口下缘的隐痕弥合了，

血泣涌出的红泪已然褪去。

玉孤而遗落，

失主而神伤，

伤裂而血泣。

如今痊愈完好了，

这是玉玦认了新主。

我真想见见玉中澄澜，

然而我并无法力唤出玉神。

我想云芳阿婆或者还健在，
要是携着玉玦去寻她，
澄澜会出来相见吗？

我坐上火车，
从上海到沈阳，
又从沈阳换车去海城。
海城虽小，
人生地不熟，
我去哪里寻到云芳阿婆呢？

我住进一家客栈，
晚饭时吃了几盏浓酒，
身子便觉沉重，
昏昏然早早睡下。
睡中我听见有人说话，
似坐在我床前。

"先生不必忧虑，
明晨天亮时随我去。
从中街路往南过了河，
往滨河西路走，
然后有一条路笔直的，

不一里就到了荒岭区。
那里曾是我的家，
我记得清楚呢。"

我欲坐起，
想看清楚说话的人，
却难以醒来，
只听得见，
并说不出话。

"我是澄澜，
先生从王胜的诗章中已认得我。
澄澜得先生日日护养，
精神焕发，健好如初。
我正要出来与先生相见，
感谢先生。
自入世以来，
凡养护我、善待我的，
有福了。"

清晨醒来，
透过窗帘的缝隙，
我见阳台上有人踟蹰。

那正是澄澜，

既不是青春的女孩儿，

也不是英俊的男孩儿，

但美劲不可方物。

那是我从未见过的生物，

任何美的经验都不足以对应。

那是翩翩君子，

真的有基路伯的精光，

四周像是环绕着祥云和钻石。

澄澜带我走的路，

不在地图上，

也不在人行中。

那鲜花簇拥的乡间小道，

只有我们轻步慢摇，

像在云中，

像在酒中。

啊，我是在流淌，

是在游奕。

远处有金盏花倾泻下来的花路，

路的尽头有红瓦覆盖的白屋。

澄澜说：

"快到了，

那所白房子就是了。"

我们推开了栅栏，
进到园子里；
阳光照进窗框，
那木的窗框上刷着蓝漆。
我伏在窗框上向屋里看，
看见云芳阿婆在针织，
她戴着老花眼镜，
暖阳像舞台的成像灯将她框住。

"阿婆，我来了，
我是澄澜，
我来看你了。"
澄澜走到云芳阿婆跟前说。

"你终于来了。
我晓得你会来的。
我的儿子已先我死了，
我是为见你而活着。
如今我见着你了，
便好放心死了。
人活着是件苦事，

幸好你爷爷将你送给我，

人有玉相伴，

是苦痛中的安慰。"

阿婆说。

"我的师父已经死了，

我如今寻到了新的主人，

人世爱玉的人会将我一直传下去，

就像阿婆一样，

为我舍掉房屋、财产和儿女。

我是上天的旨意，

终将行在地上，

如同行在天上。

人为上天之国舍掉一切的，

没有在今世不得百倍，

在来世不得永生的。"

澄澜按经上的话祝福阿婆。

阿婆在祝福中升天了，

有一百四十对羽翼的大天使来迎接她，

红瓦一片一片如云一般拨开，

暖阳充斥了整间屋子。

她坐的椅子留下了，

没有一丝阴影；
她做的活计留下了，
看不出一个针脚。
她升腾了，
澄澜周围有火焰跃动，
将云芳阿婆托起。

这时候，
金盏花渐渐靠拢过来，
将房屋掩埋，
将椅子和针织的活计掩埋，
地上剩下澄澜与我，
剩下天的旨意与我同在，
我的心中充满了喜乐。

二〇一九年二月至五月
著于北京、泰安、盐城、上海、
金华、塔石、上阳、日本福冈